Petra Weise

Die Freundin meines Mannes

Roman

Bibliografische Information der Deutschen Nationalbibliothek
Die Deutsche Nationalbibliothek verzeichnet diese Publikation in der
Deutschen Nationalbibliografie; detaillierte bibliografische Daten sind im
Internet über http://dnb.dnb.de abrufbar

Titelbild: Carmen Ogaza

© 2018 Petra Weise

Herstellung und Verlag: BoD – Books on Demand, Norderstedt

ISBN 9-783752-879001

–

Wegen einer Stunde
genussvoller Untreue
kannst du die Liebe
eines ganzen Lebens verlieren.

Werner Braun

Personen

Katrin, 40 Jahre
Thomas, ihr Mann, 44 Jahre

Anna, die gemeinsame Tochter, 17 Jahre

Birgit, Geliebte von Thomas, 48 Jahre

Die Geschichte wird fortlaufend von allen
vier Beteiligten erzählt, was diese wegen
der unterschiedlichen Sichtweisen spannend
und besonders unterhaltsam macht.

Februar 2018

Katrin

Thomas liegt neben mir im Bett, doch er dreht mir den Rücken zu. Ich rutsche näher heran, taste unter der Bettdecke nach den Schenkeln meines Mannes und fahre mit der Hand langsam an seinem nackten Bein nach oben. Ich zucke zurück, als ich seine Hose fühle. Seit wann schläft er nicht mehr nackt?

Seit wann schläft er überhaupt nicht mehr mit mir? Ich weiß es nicht. Dieser Gedanke erschreckt mich jetzt. Früher gehörte der Sex zu unserem Einschlaf-Ritual dazu. Wann hat dieses *früher* aufgehört? Letzte Woche? Oder bereits im letzten Monat?

Jetzt fällt es mir ein: Es war vor zwei Monaten. Ich erinnere mich genau, denn an diesem Tag bekam er den Preis für das schönste Schaufenster der Stadt. Thomas gibt sich immer sehr viel Mühe mit seinem Schaufenster, das er jeden Monat neu gestaltet. Dabei kann er nur Bücher ausstellen, weshalb für mich seine Schaufenster immer irgendwie gleich aussehen.

Thomas betreibt eine Buchhandlung in der

Innenstadt. Es ist ein sehr kleiner Laden mit nur einem einzigen Schaufenster zwischen einem Dessousgeschäft und einem riesigen Fahrradladen. Obwohl der winzige Buchladen überhaupt nicht auffällt, ist er immer gut besucht.

Seinen Kunden bietet er Tee an, was ich überhaupt nicht gut finde. Sie bekleckern damit seine Bücher und sitzen ewig in den Ecken und lesen, ohne etwas zu kaufen. Dazu sollten sie in eine Bibliothek gehen.

Nun, dieses Schaufenster gefiel sogar mir, weil es unsere erzgebirgische Traditionen im Advent präsentierte. Zwischen den Titeln einheimischer Autoren standen bunte Nussknacker, Räuchermännchen und eine wunderschöne, vierstöckige Pyramide mit handgeschnitzten Bergleuten und Waldtieren.

Thomas kam damals in dieser Nacht ganz aufgekratzt nach Hause und sang immerzu: „Der Preis ist heiß, ich hab den Preis!"

Er hielt mir zwei dicke Plexiglasscheiben direkt vor die Nase und lachte.

Ich betrachtete die seltsame Trophäe und sagte: „Das Ding sieht abscheulich aus, einfallslos und hässlich!"

„Ein fetter Geldschein wäre mir lieber gewesen, doch den hat sicher der Künstler für den Entwurf dieses scheußlichen Dings bekommen", entgegnete er.

Jedenfalls kam er ziemlich spät und recht überdreht nach Hause. Ich war längst zu Bett gegangen. Doch Thomas machte solch einen Lärm, dass ich wach wurde. Er warf sich mit Schwung neben mich, riss die Decke zur Seite und lallte: „Ich bin heiß auf dich, heißer als mein heißer Preis." Er kicherte, knabberte an meinem Ohr, obwohl ich das überhaupt nicht leiden kann. „Ist mein Kätzchen gar nicht rollig?"

Ich und ein Kätzchen? Schmusen liegt mir gar nicht, Streicheln ist mir lästig und in seinen Armen, die mich viel zu fest umklammern, fühle ich mich eingeengt.

Thomas pustete mir seinen Alkoholatem direkt in die Nase. Obwohl ich seine Bemerkung ziemlich derb und unpassend fand, musste ich lachen.

„Und wo hat sich mein Kater so lange herumgetrieben?", konterte ich.

„Oben auf dem Dach."

Ich schüttelte amüsiert den Kopf und stellte mir Thomas als Katze auf dem Dach vor. Doch er erklärte, er sei tatsächlich auf ein Dach gestiegen, aufs Penta-Dach, und habe die ganze Stadt bei Nacht von oben gesehen. Es sei einfach herrlich gewesen. Vorher hätten sie viel gegessen.

„Und getrunken", ergänzte ich.

Er hob wie zur Bestätigung den Zeigefinger. Dann schälte er sich ungeschickt aus seiner Hose, schob mein Nachthemd nach oben und legte sich recht plump auf mich. Kurze Zeit später lagen wir erschöpft und verschwitzt auf dem Bett. Thomas schlief recht schnell ein, so dass ich mich aus seinen Armen befreien und duschen gehen konnte.

*****

Das war vor zwei Monaten. Seitdem hat er mich nicht mehr angerührt, zumindest nicht so. Die typischen Gute-Nacht- und Ich-gehe-zur-Arbeit-Küsse gibt es natürlich nach wie vor.

„Ich will dich", flüstere ich in sein Ohr, obwohl er nicht auf meine tastende Hand reagiert.

„Ich weiß", brummt Thomas zurück.

„Hast du keine Lust?", frage ich zaghaft.

„Bin müde."

Er dreht sich kurz zu mir um, haucht mir einen Gute-Nacht-Kuss auf die Wange und wendet sich wieder ab. Das verstimmt mich jetzt, denn eigentlich ist er der große Schmuser, möchte mich im Arm halten, streicheln und küssen. Ich brauche das nicht, doch jetzt sehne ich mich danach. Ich starre auf seinen Rücken und nehme endlich meine Hand von seinem

Hinterteil.

Ich vermisse ihn, obwohl er direkt neben mir liegt. Ich will ihn. Doch offenbar will er mich nicht und ich überlege, was wohl der Grund dafür sein könnte. Habe ich ihn verärgert? Thomas ist schnell gekränkt, ich muss mir jedes Wort genau überlegen.

Er dagegen macht sich diese Mühe nicht, ganz im Gegenteil. Neulich hat er mich direkt beleidigt, als er sagte, er habe den Feind im eigenen Haus. Ich hielt das zuerst für einen dummen Scherz, über den kein Mensch lachen kann. Doch sein Gesicht zeigte mir, dass er mich damit meinte - mich, seine Frau. Wie kommt er darauf, in mir seinen Feind zu sehen? Ich verstand das nicht und verstehe es heute noch nicht. Vielleicht hätte ich nachfragen sollen.

Andererseits ist es ein Fehler, jeden Spruch persönlich zu nehmen und wie Thomas gleich gekränkt zu sein. Das ist kindisch. Erst recht nach nunmehr achtzehn Ehejahren.

Sein 40. Geburtstag kam für ihn einer wahren Katastrophe gleich. Er glaubte, nun uralt zu sein. Dabei ändert sich an solch einem Tag gar nichts, alles bleibt wie es ist. Er geht wie immer in seine Buchhandlung und ist ohnehin ein Traditionalist.

Neulich zeigte er auf einen Mann mit Rollator,

den wir gerade überholten, und sagte: „Da komme ich auch bald hin."

Vielleicht hat er deshalb die Lust am Sex verloren, vielleicht glaubt er, dies sei nur für junge Leute. Doch das wäre Unsinn.

Mein Leben ist in Ordnung, ich wünsche mir kein anderes. Ich habe einen treusorgenden Mann, der ein wundervoller Vater für unsere Tochter ist. Thomas ist der zärtlichste Vater, den man sich überhaupt denken kann. Er nennt Anna seine Sonne und ist ganz vernarrt in das Mädchen und zwar vom ersten Tag an, seitdem Anna auf der Welt ist. Die Beiden haben sich ständig etwas zu erzählen, am meisten über Bücher und ihre Geschichten.

Ich brauche keine Bücher und lese nur die Tageszeitung. Ich bin der praktische Typ, der alles organisiert, die Einkäufe, die Urlaube, die Familienfeste.

*****

Ich erinnere mich noch genau an den Tag vor fast zwanzig Jahren, an dem ich Thomas kennenlernte. Ich wohnte noch nicht lange in Chemnitz und war auf dem Weg zur Arbeit. Es regnete in Strömen und ich konzentrierte mich auf den Fußweg, damit ich mit meinen dünnen

Absatzschuhen nicht in eine Pfütze trat. Dabei rannte ich buchstäblich in ihn hinein.

„Hoppla, schönes Fräulein, nicht so eilig", sagte er mit angenehm tiefer Stimme und hielt mich in seinen Armen fest.

Ich fand das merkwürdig, denn wer sagt heutzutage *Fräulein*?

„Lassen Sie mich gefälligst los!", zischte ich, obwohl ich es gar nicht so garstig meinte wie es vermutlich klang.

Thomas brachte mich bis zur Tür der Sparkasse, wo ich arbeitete, und holte mich von diesem Tag an regelmäßig nach Dienstschluss ab.

Mir gefiel seine ruhige Zuverlässigkeit sofort. Ich mochte ihn und spürte, dass wir gut zusammen passten. Als ich merkte, dass ich schwanger war, heirateten wir. Kopflos verliebt war ich nie, dazu bin ich zu beherrscht.

Das hat mir wohl Mutter eingeimpft. Sie ist eine kühle Französin und erlaubte mir keinerlei Gefühlsäußerungen. Das sei ungehörig. Man verbirgt seine Gefühle, so dass die Leute glauben, man habe gar keine, doch es ist nur die Erziehung.

Mutter betonte meinen Namen Katrin auf der zweiten Silbe, auf dem I, während mein Vater wie alle Deutschen das A der ersten Silbe betonte.

Der Beruf Bankkauffrau ist wie für mich geschaffen. Ich mag schon immer Zahlen und bevorzuge analytische und logische Vorgänge. Alles muss berechenbar sein, möglichst auch die Menschen. Ich erwarte neben einem gepflegten Äußeren korrektes Benehmen, Nachlässigkeiten dulde ich nicht.

Thomas ist für mich der ideale Partner. Ich mag seine Ruhe, seine Ausgeglichenheit, seine Vernunft. Auch er muss gut rechnen, denn er hat ein eigenes Geschäft, die Buchhandlung *Lesezeichen.*

Thomas

Ich kann nicht schlafen, weil mir diese seltsame Frau nicht aus dem Kopf geht, die mich heute in meiner Buchhandlung besuchte. Auf den ersten Blick war sie nichts besonderes - bis auf ihre auffällige Kleidung, in der sie wie ein Paradiesvogel in den Laden geschwebt kam. Ihre ungewöhnlich großen dunklen Augen musterten mich während des gesamten Gesprächs. Wir unterhielten uns mit Sicherheit über Bücher, doch ich kann mich kaum an die einzelnen Worte erinnern. Ich war direkt hingerissen von der gesamten Erscheinung, die mich komplett in ihren Bann zog. Auch jetzt lässt mich ihr sinnlich-verträumter Blick nicht zur Ruhe kommen.

Ich kam gerade vom Markt, wo ich meist meine Mittagspause verbringe, denn zwischen 13 und 14 Uhr bleibt mein Geschäft geschlossen. Manchmal treffe ich mich mit Katrin. Sie liebt den Markt. Doch sie bummelt nicht so gern wie ich zwischen den Ständen herum, in denen es nicht nur Wurst und Käse, sondern auch Körbe und diversen Kram zu kaufen gibt. Katrin geht immer sehr entschlossen an den Stand, an dem sie etwas kaufen will und hält sich nie unnötig auf. Ich unterhalte mich gern mit den Händlern. Meist hole ich mir eine Bratwurst oder ein Fischbrötchen, manchmal ein Stück Kuchen. Doch manchmal setze ich mich zum Essen ein halbes Stündchen ins *Cortina*, einem kleinen italienischen Gasthof ganz in der Nähe.

Jammerschade ist, dass die wunderschöne alte Markthalle nicht genutzt wird. Sie hat einen Kuppelaufsatz und Platz für mehr als dreihundert Stände. Ich war nur ein einziges Mal drin und fand neben zwei Wurst- und Bäckerständen nur Vietnamesen, die Obst aus dem Großmarkt und ansonsten Socken, Unterwäsche, Deckchen und Kitsch verkauften. Das hat mich so enttäuscht, dass ich mir das kein zweites Mal antun wollte. Das ging wohl vielen Leuten so, denn wegen der fehlenden Kunden ist die schöne Markthalle zweckentfremdet an eine Poliklinik, einen Gasthof und ein Theater vermietet. Wirklich jammerschade.

Zufrieden begutachtete ich mein Schaufenster. Zwischen all den Büchern mit Geschichten, die im Winter spielen, hatte ich wunderschöne Bilder eines Malers aus unserer Stadt aufgestellt. Ich betrachtete die schnee-bedeckten Bäume und Häuser auf den Gemälden und bedauerte, dass es bisher noch keinen Schnee gab - nicht einmal oben im Gebirge und schon gar nicht hier in der Stadt.

Da sah ich einen bunten Rock oder eher eine grell gemusterte Kutte direkt draußen vor dem Fenster hin und her wedeln. Die Frau, die in diesem weiten Kleid steckte, trug über diesem Fummel eine auffallend grüne Kunstfelljacke und winkte mir zu. Etwas verwirrt winkte ich verhalten zurück. Ich kannte die Frau nicht und hielt das Ganze wohl wegen ihres Aufzugs für einen verfrühten Faschingsscherz. Trotzdem öffnete ich sofort meine Ladentür und bat sie herein.

„Schauen Sie sich ruhig um!", forderte ich sie auf.

Sie lächelte mich an und warf mit einer weiten

Geste einen langen Schal über die Schulter, der eben noch um ihren Kopf gebunden war und unglaublich vielen Locken zu bändigen versuchte.

„Eindeutig Künstlerin", dachte ich amüsiert. „Vermutlich malt sie, wahrscheinlich lauter bunte Blumen und Schwäne."

Die Frau breitete ihre Arme aus und drehte sich langsam im Kreis. Ich wusste nicht, was ich davon halte sollte. War sie betrunken oder vielleicht irre?

„Groß ist Ihre Buchhandlung nicht", stellte sie fest.

„Bücher brauchen nicht viel Platz", antwortete ich. „Bis jetzt habe ich noch jedem Besucher ein Buch empfehlen und verkaufen können."

Sie drehte sich um und fuhr mit der Hand über eine Reihe Buchrücken, was mir seltsam vorkam. Plötzlich streckte sie ihren Arm aus kam direkt auf mich zu. Mir blieb nichts anderes übrig, als ihr höflich meine Hand zu reichen.

„Mein Name ist Birgit Thiele." Sie strahlte mich an und schien auf eine Antwort zu warten. Sollte ich die Dame kennen? „Ich wohne hier in Chemnitz, bin Autorin und möchte Ihnen meine Bücher vorstellen."

Ich schaute in große braune Augen, die mich offen und interessiert ansahen. Es waren ungewöhnlich schöne Augen in einem ebenmäßigen, völlig ungeschminkten Gesicht.

An den Füßen trug die Frau klobige, mit grünem Fell besetzte Stiefel wie von einem Hippie.

So ginge Katrin im Leben nicht auf die Straße. Sie ist immer korrekt gekleidet mit halbhohen Pumps und grauen Kostümen oder Hosenanzügen, kombiniert mit blauen Blusen, die ihre blauen Augen wunderbar betonen. Außerdem trägt sie immer ein leichtes Make-up.

„Sie sind also Künstlerin", versuchte ich zu schmeicheln. Dabei stellte ich mir vor, wie sie in einem Sessel mit Blümchenmuster saß und Liebesschmonzetten verfasste, irgendwelche Geschichten im Cornwall, was nun weniger nach meinem Geschmack ist.

„Künstlerin?" Die Frau lachte. Dabei warf sie ihren Kopf ein wenig zurück und öffnete weit ihren großen Mund. „Nein, mit Kunst habe ich nichts am Hut. Ich schreibe, was mir gefällt und mir ist ziemlich gleichgültig, wer es mag und wer nicht."

Was sollte ich darauf erwidern?

Frau Thiele sprach weiter: „Kunst will ernst genommen werden. Das halte ich für übertrieben, wichtigtuerisch. Der Mensch sucht Unterhaltung, keine Belehrung."

Wenn das keine Belehrung war, weiß ich auch nicht. Unterhaltung klingt für mich nach seichter

Zerstreuung. Trotzdem fragte ich: „Worüber schreiben Sie denn?"

„Nur über Wahres, kein Kitsch, kein Horror – was Sie und ich erlebt haben könnten."

„So, wir beide also." Ich weiß nicht, was mich zu dieser recht kessen Antwort verleitete. Ihr irgendwie lauernder Blick verwirrte mich.

Sie lachte wieder und konterte: „Wenn Sie so wollen." Dabei blinzelte sie mir verschwörerisch zu.

Etwas irritiert ging ich zu meinem Computer und gab den Namen *Birgit Thiele* ein. Sofort erschienen ungefähr ein Dutzend Titel. Anerkennend nickte ich der Dame zu.

„Ich werde mich damit befassen und melde mich bei Ihnen."

Sie umfasste meine Hand mit ihren beiden Händen und hielt sie fest. Sie hielt sie viel zu lange und schaute mir dabei in die Augen, so, als lese sie darin. Dabei lächelte sie hinreißend. Plötzlich drehte sie sich um und verschwand.

Eine merkwürdige Person, die mir den ganzen Tag nicht mehr aus dem Kopf ging und mir auch jetzt den Schlaf raubt.

Birgit

Noch bevor ich die Buchhandlung betrete, kommt mir ein freundlich lächelnder Herr entgegen. Es ist wirklich ein Herr in Anzug und Krawatte. Normalerweise kommen mir die Buchhändler nicht entgegen, sie kruschteln eher versteckt in irgendwelchen Ecken, ohne beim Türgong aufzuschauen. Meist sind es Frauen, selten Männer, allesamt eher unscheinbar, blass, Buchhaltertypen.

Dieser Mann ist anders: auffallend groß, mit breiten Schultern, fast schwarzen, sehr kurz geschnittenen Haaren, selbstbewusst.

„Lesezeichen, ein hübscher Name", lobe ich.

„Lesen und Zeichen setzen, auf Bücher aufmerksam machen, vor allem auf Autoren aus der Region."

Das gefällt mir. „Ich schreibe ebenfalls und lebe in Chemnitz."

Sofort zeigt er sich interessiert und fragt, worüber ich schreibe. „Ausnahmslos reale Alltagsgeschichten."

Es ist besser, erst gar keine falschen Vorstellungen zu wecken, sondern offen zu sagen, was man zu sagen hat.

„Die wahre Lebenskunst besteht darin, im

Alltäglichen das Wunderbare zu sehen – von Pearl Buck", zitiert er schlagfertig.

Das sagt er so daher, doch neben der Kasse steht ein riesiger Verkaufstisch voller Bestseller, ich entdecke keinen einzigen unbekannten Namen oder Titel darunter.

Er zeigt auf diesen Tisch und erklärt: „Die meisten Kunden fragen zuerst nach dem Bestseller der Woche. Ich habe es aufgegeben, ihnen zu erklären, dass es keine echte Bestsellerliste gibt."

Ich zucke mit der Schulter.

„Der Kunde braucht solch eine Sicherheit, denn was alle kaufen, kann so falsch nicht sein. Also fühlt er sich sicher, wenn er Bücher von diesem Tisch wählt."

Während ich mich in dem winzigen Laden umschaue, tippt er in seinem Computer herum. Hoffentlich heißt das nicht, dass er das Interesse an mir und meinen Büchern verloren hat.

Hier sieht es aus wie in jeder Buchhandlung: spezielle Regale für Kinderbücher, Klassiker, psychologische Ratgeber, Kochbücher, einige Fantasie-Titel und Krimis, viel Belletristik und zwei große Regale *Regionales.*

Der Buchhändler verspricht: „Ich werde mich recht bald mit Ihren Titeln befassen und melde mich bei Ihnen."

Das glaube ich eher nicht, dazu will er mich viel zu schnell wieder loswerden. Trotzdem drücke ich ihm meine Visitenkarte in die Hand und verabschiede mich. Auf seiner Karte lese ich *Thomas Wagner*. Beim Abschied hätte ich fast vergessen, seine Hand loszulassen. So etwas ist mir noch nie vorher passiert.

Bereits knapp eine Woche später ruft er mich an. „Hätten Sie Lust, in meiner Buchhandlung zu lesen?"

Ich muss mich erst sammeln, ehe ich etwas sage, so sehr hat mich diese Frage überrascht. Außerdem ärgert mich jedes Telefonklingeln, obwohl ich noch gar nicht weiß, wer mich warum anruft. Es stört! Deshalb wirke ich am Telefon immer etwas barsch. Also atme ich erst einmal langsam aus, ehe ich zustimme. Eigentlich ist mir nach Jubeln zumute, doch ich reiße mich zusammen und frage so ruhig wie möglich: „Wann?"

„Bereits am Donnerstag, den 22., um 19 Uhr. Passt Ihnen dieser kurzfristige Termin?"

„Moment!" Ich schaue schnell in meinen Kalender, obwohl ich weiß, dass ich im Februar gar keinen Termin habe. „Es klappt", verkünde ich.

„Das freut mich. Wissen Sie, der Autor, der an diesem Tag lesen sollte, hat sich beim Schifahren das Bein gebrochen."

„O! Dann bin ich also die Ersatzmannschaft."

Herr Wagner lacht. „Genau."

„Haben Sie denn Platz? Ich meine, Ihr Geschäft ist so klein in meiner Erinnerung."

„Das ist es in der Tat", antwortet er ernst. „Doch täuschen Sie sich nicht! Ich habe siebenundzwanzig Sitzplätze, genau die richtige Anzahl für eine Lesung."

Wirklich vorstellen kann ich mir das zwar nicht, doch der Mann wird es wissen.

Wir vereinbaren, dass ich eine halbe Stunde vor der angesetzten Lesezeit erscheine, aus „Mütter und Töchter" lese und er die Bücher beschafft, die er zu verkaufen gedenkt.

Einige Tage später bummle ich unauffällig am Schaufenster der Buchhandlung vorbei. Direkt in der Tür hängt ein großes Plakat mit dem Titelbild meines Buches und sogar einem Foto von mir. Wo hat er das her? Jedenfalls hat er keines meiner alten Bilder gewählt, sondern ein aktuelles vom letzten Jahr, auf dem ich eine bunte Hornbrille trage. Im Schaufenster liegen ein Stapel „Mütter und Töchter" und jeweils zwei Exemplare meiner sämtlichen Titel. Tief beeindruckt presse ich meine Nase gegen die Scheibe. Warum habe ich keinen Fotoapparat dabei?

„Hallo!"

Erschrocken fahre ich zusammen. Neben mir steht Herr Wagner und lacht. Wie peinlich! Nun weiß er sicher, dass meine Titel nicht in jeder Buchhandlung stapelweise ausliegen.

„Zufrieden?", will er wissen.

Ich nicke. „Absolut."

Er streckt mir seine Hand entgegen und als ich sie ergreife, durchzuckt mich eine Art Stromschlag, ein gewaltiger Blitz.

„Hoppla! Sind Sie so geladen oder ich?"

„Wie bitte?" Herr Wagner schaut mich ziemlich verdutzt an. Hat er diesen Ratsch nicht bemerkt? „Ich habe Ihr Buch gelesen bzw. geradezu verschlungen. Es ist derart reizend geschrieben, dass ich immer wieder zurückblätterte und einige Stellen erneut las."

Soll das ein Kompliment sein? Musste er zurückblättern, weil er etwas nicht verstand? Nein, er sagte, dass er einige Stellen erneut las, weil sie ihm so gut gefielen.

„Kommen Sie! Ich koche uns einen Kaffee, dazu Kekse, wenn sie mögen."

Und ob ich mag! Für Kuchen und Kekse tue ich nahezu alles.

Herr Wagner öffnet weit seine Tür und schließt sie hinter mir ab.

„Mittagspause", erklärt er.

Ich sehe mich im Laden um. Er wirkt wie eine

Wohnstube, weil vor den Bücherregalen Stühle und kleine Sessel stehen, in denen man gemütlich sitzen und lesen kann. Wieso ist mir das beim ersten Besuch nicht aufgefallen? In der Ecke ist eine Art Iglu, so eine Kuschelecke für Kinder. Mir fällt ein, dass ich heute Nacht von einem Iglu aus Büchern träumte. Ohne nachzudenken erzähle ich dem Buchhändler meinen Traum.

„Das ist seltsam", sagt er nachdenklich. „Ich träumte von den Bergen. Es sah aus wie in den Alpen, doch die Berge und Häuser waren alle aus Büchern."

Ich muss lachen, doch mir fällt keine Antwort ein, jedenfalls keine kluge. Eher möchte ich ihn anfassen. Das geht natürlich nicht. Schnell drehe ich mich um und gehe ein paar Schritte zur Seite.

„Ich habe hinten noch mehr Stühle und große Sitzkissen. Siebenundzwanzig Leute passen rein, ich habe schon fast alle Karten verkauft."

Herr Wagner zeigt auf einen Tisch in der Ecke, an dem zwei Stühle stehen, ein grüner und ein knallroter. Dort stellt er die Kaffeetassen und eine kleine Schale Kekse ab.

Ich setze mich auf den grünen Stuhl.

„Ich freue mich schon auf die Lesung. Und auf Sie." Seine fast schwarzen Augen schauen mich ernst an. Ich möchte am liebsten darin versinken.

„Zufrieden?", frage ich.

„Was meinen Sie?"

„Nun, Sie mustern mich so gründlich, als ob sie prüfen, ob sich ein Kauf lohnt."

„Ein Kauf?"

„Das war nur ein Scherz", sage ich verlegen. Wenn ich weiter solchen Unsinn rede, wird er am Ende die Lesung absagen.

„Mir kommt es so vor, als ob ich Sie schon ewig kenne. Wirklich."

Seltsam, dass es mir ebenso geht, obwohl er mich nicht so anstarren müsste, wenn wir uns schon ewig kennen würden. Wir sehen uns an und sagen nichts. Dabei gibt es so viel zu sagen, doch es ist nicht nötig, weil sein Blick ohnehin alles sagt. Jedenfalls kommt es mir so vor.

„Ich habe zwei Kinder. Zwillinge."

Warum rede ich jetzt von meinen Kindern? Ich sollte ihn in ein kluges Gespräch verwickeln, ihn beeindrucken.

Hat er geantwortet? Ich kann mich nicht konzentrieren, denke immer nur an seinen Körper und möchte ihn anfassen. Ich weiß, dass das nicht geht, völlig unmöglich ist. Dieser alberne Gedanke bringt mich zum kichern und ich merke, wie meine Wangen rot werden. Momentan fühle ich mich wie Sechzehn, hibbelig und albern.

Ich sehe, dass er einen Ehering trägt. Nun, was hatte ich erwartet? Solche Männer wie Herr Wagner sind niemals frei, das ist mir klar.

Meine Mutter hat mich immer vor den Männern gewarnt, besonders vor den verheirateten. Ich sollte mich niemals mit einem verheirateten Mann einlassen, ihn wegschicken, zurück zu seiner Frau. Bisher habe ich mich immer daran gehalten. Nur bei diesem Thomas Wagner will ich das nicht. Ich will diesen Mann! Unbedingt. Und schon ergreife ich seine Hand.

„Ich bin verheiratet", sagt er überflüssigerweise, zieht aber seine Hand nicht zurück.

„Ich weiß", sage ich und zeige auf seinen Ring. „Ich dachte mir schon, dass das keine Attrappe ist."

Jetzt lacht er. Er hat ein sehr schönes Lachen.

Und ich sitze einfach nur da und versuche, möglichst faszinierend auszusehen.

Thomas

Die Lesung ist gut besucht. Alle siebenundzwanzig Plätze sind besetzt und die Zuhörer hängen ebenso an den Lippen der Autorin wie ich.

Diese Frau hat eine unglaubliche Ausstrahlung. Sie wirkt schillernd wie eine berühmte Schauspielerin und gleichzeitig geheimnisvoll. Mit ihrer ausdrucksstarken Mimik verstärkt sie erheblich die Wirkung ihrer Texte. Man sieht ihr an, dass sie mit jeder Faser ihres Körpers und ihrer Gedanken bei der Sache ist.

Manche Autoren können wunderbar schreiben, doch überhaupt nicht lesen. Sie nuscheln recht unverständlich und ohne jede Betonung und wirken, als wollen sie eine unangenehme Sache schnell hinter sich bringen.

Nicht so Frau Thiele. Sie flicht geschickt private Erlebnisse und Fragen ans Publikum in ihre Lesung ein und wird zum Schluss regelrecht mit Fragen bestürmt und den Bitten um eine Widmung in die soeben gekauften Bücher.

Auch ich bin hochzufrieden, denn ich konnte nahezu alle bereitgestellten Bücher verkaufen.

„Und jetzt gehen wir feiern", ruft sie fröhlich, als die letzten Gäste die Buchhandlung verlassen.

Diesem Vorschlag stimme ich sofort zu, denn ich möchte diesen schönen Abend nicht so schnell beenden.

Wir gehen ins *Cortina,* wo ich manchmal zu Mittag esse. Es ist nicht weit vom Marktplatz entfernt. Ich nicke Luici zu, als wir das Lokal betreten und steuere einen freien Tisch für zwei

Personen an.

„Prosecco, Frau Thiele?", frage ich.

„Klar!", jubelt sie. „Ich bin die Birgit. Darauf stoßen wir an, nicht wahr?"

„Thomas", sage ich ruhig, doch beim Bussi links und rechts wird mir ganz heiß. Was macht diese Frau mit mir?

Ihre deutlich gute Laune ergreift auch mich. Als sie die Speisekarte liest, klatscht sie begeistert in die Hände.

„Hier bleiben wir!", verkündet sie. „Hier probiere ich alles durch, alles." Dabei strahlt sie mich glücklich an.

„Wird das nicht ein bisschen viel?", frage ich lachend.

„Doch nicht heute", erwidert sie. „Jedenfalls musst du mir helfen, weil ich mich sowieso nicht entscheiden kann."

„Möchtest du eine Vorspeise?"

Birgit schüttelt den Kopf. „Obwohl die alle derart verlockend sind. Ich fühle mich wie in Italien. Ach, ich bin so glücklich!"

Sie strahlt mich an und ich kann nicht anders, als zurückzustrahlen. Am liebsten hätte ich sie jetzt geküsst, so richtig auf ihren großen weichen Mund.

Für Birgit bestelle ich Spaghetti Scampi mit Oliven und für mich Penne Arrabiata, dazu eine

Flasche Rotwein.

„Essen soll zuerst das Auge erfreuen und dann den Magen", sage ich, als Luici die Teller vor uns abstellt. „Das wusste bereits Goethe."

Birgit nickt. „Essen ist ein Bedürfnis, Genießen eine Kunst." Mit vollem Mund ergänzt sie: „Ich weiß aber nicht, von wem dieser schlaue Spruch stammt. Immerhin beherzige ich ihn."

Dem kann ich nur zustimmen. Diese Frau wirkt auf mich wie der Inbegriff eines Genuss-menschen und ist mir hochsympathisch. Ich mag diese selbsternannten Gesundheitsapostel nicht, die nur auf einem grünen Salatblatt herumkauen und das auch noch für gesund halten. Birgit isst mit sichtlichem Appetit den ganzen Teller leer, obwohl ich ihr ansehe, dass sie bereits satt ist.

Nach dem Essen stoßen wir mit Ramazzotti an. Am liebsten würde ich hier sitzenbleiben, doch ich muss nach Hause. Es ist ohnehin bereits sehr spät.

Ich bringe Birgit noch bis vor ihre Tür und überlege, wie ich mich von ihr verabschieden soll. Ob ich sie küssen darf? Nein, sicher wäre das unverschämt. Und doch schaue ich auf ihren leicht geöffneten Mund. Im gleichen Moment schlingt sie beide Arme um meinen Nacken und zieht meinen Kopf zu sich herunter. Ich spüre ihre warmen Lippen und ihren weiblich weichen Körper, der sich an mich drückt.

Plötzlich begehre ich diese Frau sehr heftig und ziehe sie fest an mich heran. Ihr Duft steigt mir in die Nase und scheint mich zu betäuben. Sie riecht wie eine warme Waldwiese. Gibt es so etwas? Ich möchte mich hineinfallen lassen.

„Komm! Ich habe sturmfrei." Birgit kichert glucksend. „Die Kinder schlafen bei meinen Eltern."

Gleich hinter der Tür öffnet sie die Knöpfe im Vorderteil ihres Kleides. Sie macht das sehr langsam und schaut mich fest an dabei. Mir ist, als müsste ich gleich explodieren und ich habe große Mühe, nicht hier im Flur über sie herzufallen wie in billigen amerikanischen Filmen. Nun bewegt sie kurz ihre Schultern und das Kleid rutscht auf den Boden. Vor mir steht eine aufregend sinnliche Frau, die einladend ihre Arme weit ausbreitet. Dann nimmt sie meine Hand und zieht mich eine schmale Treppe nach oben, hinein in ein kleines Schlafzimmer, das nur aus einem Einzelbett und einem Schrank besteht. An der Dach-schräge ist ein durchsichtiges rotes Tuch befestigt, das das Bett wie schützend umhüllt.

Nun kann ich mich nicht mehr zurückhalten, packe Birgits erotischen Körper und ziehe ihn heftig zu mir heran.

„Nicht so schnell!", flüstert sie in mein Ohr.

Mir wird augenblicklich heiß, die Gier aus meinem Körper scheint sich im Kopf zu stauen und ich stöhne laut auf.

Doch sie schiebt mich sanft zurück, stellt sich eine Armlänge von mir entfernt auf und öffnet langsam ihren Büstenhalter, der auf den Boden fällt. Ich schaue auf zwei pralle, wunderschöne, schwere Brüste, die sich mir langsam nähern.

Nun kann ich mich nicht mehr zurückhalten und vergrabe mein Gesicht zwischen dieser sinnlich duftenden Pracht.

Birgit lenkt meine Hände und Blicke immer genau auf den Körperteil, der mir gerade in den Sinn kommt. Ich bin ganz außer mir vor Wonne und komme viel zu früh.

Nun streichelt sie mich sanft überall und weiß meine Lust sofort wieder neu zu wecken. Ich fühle mich wie im Rausch und vergesse die Welt um mich herum, bis mich Birgit in die Wirklichkeit zurückruft.

„Du musst gehen!"

Mit einem Mal fällt mir Katrin ein und mir ist schlagartig klar, was ich jetzt gerade gemacht habe. Ich habe meine Frau betrogen, zum ersten Mal und zwar, ohne nachzudenken. Mir ist das Ganze schrecklich peinlich und ich wage nicht, Birgit in die Augen zu schauen.

„Deine Sachen liegen dort", sie zeigt mit der Hand auf den Boden.

Was sagt man in solch einem Moment? Dass es mir leid tut? Das wäre gelogen. Ich greife nach meiner Hose und will schnell hineinschlüpfen. Blöderweise bleibe ich mit dem Fuß hängen und mache wohl einen ziemlich albernen Eindruck. Ich muss hier raus! Jetzt sofort!

Katrin

Wo bleibt er nur? Seine Lesungen dauern sonst nie so lange. Vielleicht ist er anschließend mit einigen Freunden oder Kunden in sein Lieblingslokal gegangen. Doch inzwischen ist fast Mitternacht.

Ich schaue mir den Spätfilm an, kann der Handlung aber nicht so recht folgen, weil meine Gedanken immer wieder bei Thomas sind. Schon wieder nervt mich eine lange Werbepause. Normalerweise liebe ich Werbung. In dieser Zeit kann man endlich näher über Szenen reden, was während des Films nicht möglich ist. Doch jetzt bin ich allein und keiner ist hier, mit dem ich über den Film reden kann.

Seit einiger Zeit erzählt Thomas ohnehin nicht mehr viel. Er schweigt oder schaut wie gebannt auf die Werbespots, als müsste er die Texte auswendig lernen. Er nimmt mich gar nicht wahr, nicht einmal, wenn ich den Ton leiser drehe.

Endlich höre ich die Tür im Flur klappen und dann die im Bad.

„Du schläfst noch nicht?", fragt Thomas erstaunt, als er ins Schlafzimmer kommt. Er ist ganz rot. Vermutlich hat er wieder einmal zu heiß und vor allem zu lange geduscht.

Ich lächle ihn an. „Nein. Ich will doch wissen, wie deine Lesung war."

Eigentlich interessiert mich das nicht wirklich. Doch ich mag es, wenn er so begeistert erzählt. Seine Leidenschaft für Bücher teile ich zwar nicht, genieße es aber, wenn er fast besessen darüber spricht.

Allerdings nerven mich seine Wiederholungen. Über Dinge, die ihn bewegen oder begeistern, erzählt er mehrfach. Ich hasse das, denn ich bin nicht schwachsinnig und verstehe bereits beim ersten Mal. Ich mag es überhaupt nicht, wenn alles sechs Mal wiederholt wird.

„Gut war sie, die Lesung, absolut gelungen. Sämtliche Plätze waren besetzt und die Autorin zog alle Zuhörer in ihren Bann."

„Dich auch?", scherze ich.

Thomas wird rot. „Klar, mich auch."

„Erzähle!", bitte ich.

Thomas steigt ins Bett und seufzt. „Ach, es ist schon spät. Ich bin müde."

Das finde ich jetzt seltsam. Normalerweise kann er kein Ende finden und verliert sich in Details. Meist muss ich ihn bremsen.

„Das ist eigentlich mein Satz", sage ich.

„Was?"

„Dass ich müde bin, das sage sonst ich."

„Ach so. Ja, ich bin müde."

Irgendwie kommt er mir zerstreut vor. Wenn ich es nicht besser wüsste, würde ich denken, er hätte etwas vor mir zu verbergen. Doch das ist albern. Er wird einfach müde sein und schlafen wollen.

Ich gebe ihm einen Gute-Nacht-Kuss. Er dreht sich sofort zur Seite und ich habe den Eindruck, dass er bereits schläft.

Anna

„Wie siehst du aus, Mädchen? Ich hätte dich fast nicht erkannt."

„Papa! Übertreibe nicht!"

Schnell gebe ich ihm einen Kuss und schlüpfe in seine Arme. Sofort drückt er mich fest an sich.

„Die kurzen Haare stehen dir gut, meine Sonne,

doch was wird Mama sagen?"

Ich zucke mit der Schulter. Doch so cool wie ich mich gebe, ist mir gar nicht zumute. Wenn Mutter meine rappelkurzen Haare sieht, die ich obendrein aschblond färben ließ, gibt es mit Sicherheit Ärger. Scheinbar war sie niemals jung und schon von Geburt an vernünftig. Von Mode hält sie nichts, vermutlich, weil sie nichts davon versteht. Sie sieht immer gleich aus in ihren graublauen Kostümen und trägt ihr Haar stets hochgesteckt. Dabei könnte sie so hübsch aussehen, wenn sie sich ein wenig flotter zurechtmachen würde.

„Hilfst du mir?", frage ich zaghaft.

Für eine Antwort ist es zu spät, denn Mutter rauscht durch die Küchentür. Sie wirkt immer wie in Eile und irgendwie hektisch, als ob ihr alles zu langsam geht. Sie haucht Papa einen Kuss auf die Wange, danach mir. Dann verschiebt sie mit der rechten Fußspitze den kleinen Läufer vor der Küchenzeile, damit seine Kante parallel zur Fliesenfuge verläuft. Typisch.

„Pack den Beutel aus!", ruft sie mir zu. „Ich zieh mich nur schnell um." In der Tür bleibt sie stehen und fährt herum. „Wie siehst du aus? Was hast du mit deinen Haaren gemacht?"

„Gefärbt", antworte ich mutig.

„Gefärbt", echot Papa.

„Das sehe ich!", faucht sie.

Warum fragt sie dann?

„Wie oft haben wir darüber gesprochen?"

Ich zucke mit der Schulter, denn eine Antwort will sie sowieso nicht hören. Schließlich kenne ich ihre Abneigung gegen das Haarefärben.

„Ausgerechnet grau!", ruft sie empört. „Grau werden sie von ganz allein und zwar schneller, als dir lieb ist."

„Aschblond, eher Platin", hauche ich.

„Wie du es bezeichnest, spielt keine Rolle! Es ist und bleibt grau, grau wie grauenhaft."

„Aschblond ist total angesagt im Moment. Alle ..."

„Alle!" Jetzt klingt ihre Stimme verärgert. „Alle? Willst du aussehen wie alle?"

„Nein, wie ..."

Mutter verdreht ihre Augen. „Du willst aussehen wie wer? Warum nicht wie du? Bist du dir selbst nicht genug?"

Sie geht hinaus in den Flur und stellt ihre Schuhe ins Regal. Dann kommt sie zurück.

„Du deckst jetzt den Tisch! Wir reden beim Essen."

Ich will nicht darüber reden. Am liebsten würde ich mich jetzt verdrücken, doch das darf ich nicht. Das Abendessen ist Mutter heilig. Pünktlich 20 Uhr müssen alle am Tisch sitzen und miteinander reden. Ich hasse das. Papa auch. Er will wie ich in Ruhe essen und nicht Meldung machen, wie er es nennt. Sie befragt uns sachlich wie ein Lehrer, will Details hören und fasst hinterher das Gesagte mit ihren Worten zusammen. Manchmal habe ich das Gefühl, dass bei dieser Zusammenfassung etwas ganz anderes herauskommt als Papa oder ich gesagt haben. Und falls wir uns für die Antwort Zeit lassen, wird sie ungeduldig und glaubt, wir sagen nicht die Wahrheit.

„Warst du nie jung?"
Mutter schaut mich an, als hätte ich eine entsetzlich dumme Frage gestellt. Dabei weiß sie genau, wie ich das meine.
„Wolltest du nie anders aussehen, anders sein, etwas neues probieren?"
Eigentlich kenne ich die Antwort. Trotzdem schaue ich sie an, als interessiere sie mich. Und schon legt sie los.
„Nein, meine Liebe. Ich war mir schon immer meiner selbst sehr bewusst. Ich musste mich weder suchen noch finden. Jeder Mensch weiß, wer er ist. Und es ist sehr dumm, ein anderer sein zu wollen."
„Aber sie hat doch nur ihre Frisur geändert", beschwichtigt Papa.
„Nur? Mit der Frisur und der Kleidung zeigt man, wer man ist. Ob man zu einer Gruppe

gehört oder gegen eine andere protestiert, ob man modisch angepasst oder eigenwillig ist."

„Jeder, wie er mag", murmle ich.

„Man schließe nicht vom Hemd auf den Mann", wirft Papa sehr bestimmt ein.

„O doch! Jeder hat seinen bestimmten Grund, sich so und nicht anders zu kleiden."

„Wie du!"

„Wie ich." Mutter lässt sich nicht aus der Ruhe bringen.

„Für mich trägst du eine langweilige Uniform."

„Anna!", mahnt Papa.

Dabei bin ich mir sicher, dass er Mutters ewig graublauen Sachen auch nicht mag.

„Für dich mag meine *Uniform* langweilig sein. Für mich gehört sie zur Berufskleidung und unterstreicht ansonsten meinen Typ. Mode spielt nur für unsichere Leute eine Rolle." Dabei schaut sie mich scharf an. „Kleidung muss vor allem bequem sein und erst in zweiter Linie dem Anlass gerecht werden. Und deine grauen Haare passen ins Altersheim und nicht in die Schule."

Damit ist für sie das Thema beendet.

Insgeheim bin ich froh, dass sich die Farbe nicht so einfach herauswaschen lässt und sie meine modisch freche Frisur mindestens vier Wochen lang ertragen muss. Am liebsten würde ich sofort losziehen und mir ein Tatoo stechen lassen. Doch das mache ich lieber nicht, denn es wäre reiner Trotz und würde nicht nach einigen Wochen wieder verblassen.

Thomas

20 Uhr. Wir sitzen wie jeden Abend gemeinsam am Tisch. Heute muss ich nicht abwarten, bis Katrin mich *abfragt,* denn heute habe ich selbst etwas zu erzählen.

„Heute war die Presse in der Buchhandlung", verkünde ich stolz. „Sie haben viele Fotos von meinem neuen Schaufenster gemacht, auch vom Laden. Morgen erscheint ein Artikel in der Zeitung und außerdem ein Bericht im Stadt-fernsehen."

„Das bringt dir hoffentlich ein paar Kunden", hofft Katrin.

Ich verdrehe die Augen. Muss sie immer alles so praktisch sehen? Kann sie sich nicht einfach mal freuen?

Dabei gibt es eigentlich keinen Grund zur Freude, denn ich glaube nicht, dass es ein guter Bericht wird, jedenfalls nicht in meinem Sinne.

„Was ist, Papa, bist du sauer?", erkundigt sich Anna.

„Ja und nein. Auf jeden Fall ist es Werbung für meine Buchhandlung. Doch der Reporter fand mein Schaufenster zu einseitig und nicht zeitgemäß."

„Wie denn einseitig?"

„Ich habe doch nur Bilder von der Bombennacht im März 1945 ausgestellt und passende Bücher dazu. Zeitgemäßer wäre der Chemnitzer Friedenstag gewesen, den es seit ein paar Jahren gibt."

„Ist das nicht ein und dasselbe?", fragt Katrin irritiert.

„Eher nicht. Die Veranstalter sind der Meinung, dass es kaum noch lebende Betroffene und auch keine sichtbaren Spuren des Krieges mehr in der Stadt gibt."

„Und deshalb soll man vergessen, dass die Bomben der Engländer und Kanadier die Innenstadt komplett zerstörten? Und das zum Kriegsende, wo sich ohnehin nur halb verhungerte Frauen mit ihren kleinen Kindern und ganz Alte in der Stadt befanden", empört sich Katrin.

„Solch ein Gedenktag wäre das Abgleiten in inhaltlose Rituale, man müsse an die Zukunft denken und zum Frieden aufrufen", ergänze ich wütend.

„Inhaltlos?", wundert sich Katrin. „Das hat wirklich einer gesagt? Für mich ist das direkt unverschämt."

„Hat das mit den Bannern zu tun, die am Rathaus hängen?", erkundigt sich Anna. Ich nicke. „Cool!", ruft sie aus. „Superbunt."

Ich zucke mit der Schulter. „Mir gefällt nur ein einziges."

„Mir auch." Katrin schaut mich an. „Das, worauf eine Mutter mit ihrem Kind gemalt ist und der Markt, glaube ich. Den Text *Der Frieden beginnt im eigenen Haus* finde ich so wunderbar treffend."

Ich nicke meiner Frau zu, denn genauso empfinde ich auch. Man kann nicht Frieden für die Welt fordern, wenn man daheim oder mit seinen Nachbarn im Streit lebt.

„Ich finde das rechte Plakat so toll mit dieser Frau aus Afrika. Sie ist viele Meter groß, das muss man erst mal hinkriegen", schwärmt Anna.

„Und was sagt es aus über Chemnitz?"

Anna zuckt mit der Schulter. „Ist doch wurscht, ich find´s schön."

Ich schaue meine Tochter an und weiß im gleichen Moment, dass sie gar nichts weiß. Sie flattert locker und oft recht gedankenlos über alles hinweg, macht fix mit ihrem Handy ein Foto und verstreut es an Hinz und Kunz.

Von der Chemnitzer Bombennacht wird sie nur „wissen", dass 3500 Menschen in jener Nacht starben und wenige Wochen davor in Dresden 25000. Doch das sind nur Zahlen, leblose Zahlen.

Also erinnere ich sie an meine Oma, ihre Urgroßmutter.

„Meine Oma lebte damals mit ihren beiden Mädchen und ihrer Mutter in der Theaterstraße, die es nach der Bombennacht nicht mehr gab. Meine Oma gab es nach dieser Nacht ebenfalls nicht mehr, auch nicht ihre beiden Töchter und ihre Mutter."

Anna schaut mich erschrocken an, als ob sie diese Familiengeschichte zum ersten Mal hört.

Erbarmungslos rede ich weiter: „Nur meine Mutter überlebte, weil sie zufällig in jener Nacht im Gebirge bei der Tante war. Die gesamte Familie wurde getötet, die Frauen und Kinder in der Bombennacht, mein Opa und mein Onkel, der damals knapp in deinem Alter war, im Krieg. Meinst du, dass einer von denen ein Nazi war?"

Verstört schüttelt Anna ihren Kopf und stottert: „Natürlich nicht, aber die Männer waren doch Soldaten und haben andere erschossen, oder?"

„Ob sie jemanden erschossen haben, weiß ich nicht. Sie konnten es nach dem Krieg nicht mehr erzählen. Sie konnten sich aber auch nicht gegen die Einberufung wehren."

Ich sehe, dass Anna nachdenkt. Doch ihre

soeben noch betroffene Miene wechselt in eine trotzige.

„In der Schule sagt man uns, dass wir keinen Grund haben, stolz zu sein und dass Nationalstolz etwas schlechtes ist."

Katrin macht mir mit den Augen Zeichen, dass ich ruhig bleiben soll. Doch ich kann nicht schweigen und sage: „Genau das ist der Grund, weshalb sich die Deutschen weltweit beschimpfen lassen. Sie haben im Krieg ihren Stolz und ihre Identität verloren und geben diese Gefühle seit nunmehr achtzig Jahren an ihre Kinder und Enkel weiter, die nebenbei bemerkt gar nichts damit zu tun haben."

Nun schaut Katrin warnend und sagt schnell: „Man kann die Geschichte nicht zurückdrehen, nur versuchen zu verstehen und seine Lehren daraus zu ziehen. Verstehst du?" Sie lächelt unsere Tochter an.

Anna nickt.

Mir fällt noch etwas ein. „Für fast noch wichtiger halte ich die aktuelle DDR-Vergangenheit. Meine Eltern haben sehr unter diesem System gelitten."

„Du nicht?"

Ich schüttle den Kopf. „Nein, ich war noch ein Kind. Doch deine Großeltern werden dir gern deine Fragen beantworten und dir erklären, dass der Spruch *Es war nicht alles schlecht* in der DDR ein wirklich schlechter Spruch ist."

Katrin sagt nichts dazu. Dabei hat ihr Vater wirklich Grauenhaftes erleiden müssen. Doch sie spricht nicht darüber, nicht einmal mit ihrer Tochter.

Katrin

Jeden Abend gehe ich nach Dienstschluss ins Stadtbad und schwimme eine Stunde. Von meiner Arbeitsstelle in der Stadtsparkasse sind es nur wenige Minuten Fußweg bis dahin.

Am Beckenrand sitzt eine recht üppige Frau und lacht mir entgegen.

„Ich habe Sie beobachtet", ruft sie mir zu.

Ich zucke mit der Schulter.

„Sie haben einen guten Schwimmstil. Sind Sie Leistungssportler?"

„Bewahre! Nein!"

Eigentlich will ich mich wie immer schnell duschen und anziehen. Doch irgend etwas hält mich fest, vielleicht das anziehende Lachen der Frau. Ich setze mich einfach zu ihr, obwohl ich so etwas noch nie gemacht habe. Ich bin nicht schüchtern, doch ich spreche niemals Leute an, Verkäuferinnen schon, doch das ist etwas anderes.

Die Frau dreht sich zur Seite, weg von mir und

winkt einer Schwimmerin zu. Wie peinlich. Wäre ich doch nur weitergegangen!

Als könnte sie meine Gedanken spüren, greift sie mit ihrer Hand nach meinem Arm, während sie mit der anderen Hand weiterwinkt.

„Laura. Das ist meine Tochter Laura. Und ich bin die Birgit."

So etwas bin ich nicht gewöhnt. Ich meine, man nennt doch wildfremden Leuten nicht einfach seinen Vornamen. Trotzdem ist mir die Frau überhaupt nicht unangenehm. Ich lächle sie ein wenig zaghaft an und sage: „Mein Name ist Katrin. Ich habe Sie hier noch nie gesehen."

Birgit lacht. Sie schiebt mit beiden Händen ihre Haarpracht aus dem Gesicht. Es sind unglaublich viele Locken, fast schwarze, aber auch graue dazwischen. Ich schätze, sie ist gut zehn Jahre älter als ich.

„Ich schwimme nicht, bin nur wegen meiner Tochter hier. Meist kommt sie allein her."

Ich nicke.

„Sie mag den Sommer und das Wasser. Für mich ist das nichts", plappert sie. „Ich bin der lupenreine Herbsttyp."

Ich mag am liebsten den Winter. Doch warum sollte ich das der fremden Frau erzählen? Stattdessen sage ich, dass ich nahezu täglich nach der Arbeit hier eine Stunde schwimme.

„Jeden Tag?", staunt Birgit. „Sport ist nichts für

mich. Anstrengen mag ich mich nicht und ich hasse es, wenn ich schwitze, finde es einfach nur eklig."

Sofort fällt mir Thomas ein. Er hätte genau die gleichen Worte sagen können, dass er keinen Sport und nicht schwitzen mag.

„Wollen wir uns an die Bar setzen und ein Stück Kuchen essen?", fragt Birgit.

„Kuchen? Nein. Ich esse keinen Kuchen."

„Ich sterbe für Kuchen."

Das sieht man, denke ich. Wenn ich so üppig wäre, würde ich kein einziges Stück Kuchen mehr in meinem ganzen Leben essen. Dafür bin ich zu diszipliniert. Ich könnte mich nicht so gehenlassen.

Birgit schaut mich amüsiert an. „Du findest mich zu dick?"

Oh, wir sind schon beim Du. „Naja, nicht direkt dick, das nicht, weiblich eben." Ich kann ihr schlecht sagen, dass sie mir wirklich zu fett ist, direkt vulgär. Fleisch ist das, was Männer anmacht, doch dazu ist man nicht auf der Welt. Man hat seine Aufgabe. Mir gefällt mein schlanker Körper. Ich achte sehr darauf, was und wie viel ich esse und treibe regelmäßig Sport.

„Schau mich nicht so strafend an!", befiehlt Birgit lachend. „Ich weiß selbst, dass ich zu dick bin, ein ganz klein wenig." Wieder lacht sie.

„Doch ich bin nicht bereit, auf Lebensqualität zu verzichten."

„Und dazu gehört Kuchen?"

„Ich bin lieber zu dick als zu dünn und muss außerdem nur mir gefallen." Birgit zuckt mit der Schulter. „Ich habe keinen Mann, ich habe Zwillinge."

„Geht das?", rutscht mir heraus. Offenbar ist sie alleinerziehend und scheint darauf direkt stolz zu sein. Etwas boshaft ergänze ich: „Irgendwann wird es einen Mann gegeben haben, sonst hättest du keine Kinder."

„Ich habe nie mit einem zusammengelebt, wenn du das meinst."

„Das verstehe ich nicht."

„Ganz einfach: ich bin lieber selbstbestimmt. Ich mag niemandem die Hemden waschen, für ihn kochen oder putzen."

Sofort ist sie mir unsympathisch. Man kann eine Beziehung nicht auf das Waschen und Putzen reduzieren. Ich will die Frau nicht kritisieren, trotzdem sage ich: „Hausarbeit kann man regeln, organisieren. Mein Mann bügelt zum Beispiel seine Hemden selbst."

„Was macht dein Mann?"

Zweifelt sie etwa an meinen Worten oder will sie wissen, was er beruflich macht? Ich werde überhaupt nicht darauf antworten und weiche lieber aus.

„Er lebt mit seinen Büchern, diesen alten Geschichten."

„Ist doch schön."

Ich schüttle den Kopf. „Ich brauche keine Bücher, ich mag keine Geschichten, ich mag Zahlen."

Birgit schaut mich mit offenem Mund an. Ist sie etwa auch so ein Büchernarr wie Thomas?

„Ich könnte gar nicht leben ohne Bücher und Geschichten."

Das klingt mir viel zu theatralisch. Natürlich kann man ohne Bücher leben. Man braucht heutzutage nicht einmal Fachbücher, dafür gibt es das Internet, wo man alles findet, was man wissen möchte.

Birgit hat in allem eine andere Meinung als ich. Seltsamerweise stört mich das nicht im geringsten, das Gespräch mit ihr ist unterhaltsam, kurzweilig und direkt lustig. Sie ist mir so vertraut, als kenne ich sie schon ewig. Wie eine alte Schulfreundin, die ich nie hatte. Ich hatte überhaupt noch nie eine echte Freundin. Mir waren alle Mädchen viel zu albern und ich ihnen vermutlich zu ernst.

Ungewöhnlich ist, dass Birgit sichtlich aufmerksam zuhört. Sie schaut mich interessiert an und ich sehe in ihrer Mimik, was sie denkt – sie lächelt, runzelt die Stirn oder reißt erstaunt die Augen auf. Das amüsiert mich und erscheint mir recht kindlich. Doch in jedem Fall fühle ich mich ernst genommen und habe das Gefühl, dass es für sie nichts und niemanden sonst gibt als das Gespräch mit mir. Ich genieße das sehr. Denn meiner Erfahrung nach gibt es kaum noch normale Unterhaltungen, Dialoge mit Rede und Gegenrede. Oft gefällt dem Zuhörer bereits im zweiten Satz ein Wort, wozu ihm etwas aus seinem Leben einfällt. Dann fängt er selbst an zu reden, doch nicht von dem, was zu meiner Rede passt, sondern etwas gänzlich anderes.

Nicht so bei Birgit. Sie antwortet kurz und ohne Umschweife, dabei drückt sie sich klar und eindeutig aus. Ich könnte das nicht, weil ich meine Worte so wähle, dass sie möglichst niemanden verletzen. Birgits direkte Art stört mich seltsamerweise nicht, sie gefällt mir sogar. Ich fühle mich verstanden, auch dann, wenn sie eine ganz andere Meinung vertritt als ich.

Zum Beispiel sagt sie: „Wer nach der Uhr lebt, muss damit rechnen, dass ihm sein Leben mit der Zeit auf den Wecker geht."

Das halte ich für Unsinn, denn wer keine Struktur in seinen Tag bringt, lebt nicht selbstbestimmt, sondern reagiert nur auf Dinge von außen.

Darüber hat sie gelacht und geantwortet: „So

eine bist du also."

Unvermittelt sagt sie: „Ich möchte deine Freundin sein."

Was soll das? Wir kennen uns kaum, eigentlich kennen wir uns gar nicht. Eine Freundschaft ergibt sich nicht von jetzt auf gleich nach einer Anfrage, sie entwickelt sich langsam.

Plötzlich ist mir Birgits Offenheit unangenehm, direkt peinlich. Man trägt seine Gedanken nicht auf der Zunge, man behält sie für sich. Vor allem das Private. Das geht niemanden etwas an.

Ich hatte noch nie eine wirklich enge Freundin, eher lockere Schulkameradschaften, obwohl ich mir immer eine Freundin gewünscht habe. Ich stelle mir dabei einen Menschen vor, der so denkt und fühlt wie ich und keinen, der wie Birgit alles anders sieht als ich.

Trotzdem willige ich ein, sie am nächsten Dienstag Abend im *Cortina zu* treffen.

*****

Birgit trägt ein weites Kleid oder eher einen zeltartigen bunten Kittel und darüber ein weinrotes Cape. Ihre Locken bändigt sie mit einem bunten Stirnband. Die Farben passen zwar gut zusammen, doch mir wäre das zu bunt, zu auffallend. Irgendwie erinnert sie mich

53

an einen Hippie, während ich den klassisch-eleganten Stil bevorzuge. Allerdings trage ich heute keine Bluse zum Anzug, sondern ausnahmsweise einen leuchtend blauen Rolli unter der Jacke.

„Ich bin gern hier, manchmal schon am Vormittag bei einem Stück Torte oder einem leckeren Eisbecher", sagt sie, als wir an einem kleinen Tisch für zwei Personen Platz nehmen.

„Das sieht man", denke ich. Sie lebt offenbar, wie sie leben möchte und kümmert sich nicht um die Meinung anderer. Trotzdem glaube ich, dass ihr Äußerlichkeiten wichtig sind. Mit ihrer seltsam bunten Garderobe will sie garantiert auffallen und gleichzeitig in den weiten Fummeln ihren Speck verstecken.

Ich kenne das Lokal von früher, da war es ein Eiscafé. Eis gibt es immer noch und in der Auslage locken unzählig verschiedene Torten. Aus der typisch italienischen Speisekarte wähle ich Tagliatelle Salmone, während Birgit die mit Käse überbackene Lasagne Bolognese bevorzugt. Die Einrichtung ist auffällig farbig in Rot und Grün gehalten, nicht ganz so mein Geschmack, in jedem Fall edel und gleichzeitig gemütlich.

„Abends oder Mittags komme ich manchmal mit meinem Freund her. Da ich nie koche ..."

„Nie?", frage ich ungläubig.

„Am Wochenende gehen wir irgendwo essen. Mc Donald mögen die Kinder gern."

„Aber das ist doch kein vollwertiges Essen!", rufe ich entsetzt aus.

„Wieso? Fleisch, Gemüse und Pommes – alles dabei."

Ich schüttle den Kopf, während Birgit gleichmütig abwinkt.

„Ich kann eigentlich nur Nudeln mit Ketchup kochen und das wollen die Kinder nicht jeden Samstag und Sonntag vorgesetzt bekommen."

Das verstehe ich gut, denn so gern ich Spaghetti mag, immer nur das gleiche mag ich nicht essen.

„Für aufwändige Menüs ist mir meine Zeit zu schade. Man steht stundenlang in der Küche und in zwei Minuten ist alles aufgegessen."

Soll ich jetzt empört sein oder lachen? Entweder nur Nudeln mit Ketchup oder ein aufwändiges Mehrgängemenü? Dazwischen gibt es so viel! Kochen kann man lernen, doch Birgit scheint das nicht für nötig zu halten, obwohl sie zwei Kinder zu versorgen hat.

„Wir haben da so einen Deal, dass sich die Zwillinge immer abwechselnd ein Lokal aussuchen dürfen und da steht eben oft Mc Donald auf dem Plan."

Eine Mutter sollte gewissenhafter mit der

Ernährung ihrer Kinder umgehen. Doch ich sage nichts dazu.

„In der Woche bekommen die Zwillinge ihr Mittagessen in der Schule und abends eine Käseschnitte und Obst."

„Rohes Obst und Gemüse ist gar nicht gut, weil der Magen es nicht so leicht verdaut", kläre ich sie auf.

„Mein junges Gemüse liegt mir wirklich manchmal schwer im Magen." Birgit lacht. „Dann schicke ich es zu meinen Eltern."

Verwundert schüttle ich den Kopf. Hat sie nicht verstanden, was ich gesagt habe? Oder ist sie ein klein wenig verrückt? Exzentrisch und irgendwie unfassbar kommt sie mir sowieso vor.

Birgit lacht lauter und freut sich über mein verdutztes Gesicht. „Die Namen!", kichert sie. „Das junge Gemüse."

Ratlos zucke ich mit der Schulter und schaue sie fragend an.

„Laura bedeutet Lorbeer und Fabian Bohne." Das glaube ich jetzt nicht.

„Laura und Fabi sind oft bei meinen Eltern, sie sind gern dort." Birgits Miene verfinstert sich. „Vor allem, weil sie dort andere Dinge dürfen als daheim. Zum Beispiel haben sie Smartphones, was ich gar nicht gut finde. Meine Eltern meinen, man müsse mit der Zeit gehen und dürfe die Kinder nicht daran hindern. Doch ich weiß, dass diese blöden Dinger Hirnschäden verursachen."

„Wie bitte? Das glaube ich nicht."

Ich habe selbst ein modernes Smartphone und Anna natürlich auch. Ich wüsste gar nicht mehr, wie ich ohne dieses Teil über den Tag käme.

„Meine Eltern glauben das ebenfalls nicht. Spitzer schreibt ..."

„Wer?"

„Manfred Spitzer, der bekannte Hirnforscher."

Ich kenne ihn nicht.

„Er schreibt, dass die Dinger soziale Fähigkeiten und Beziehungen beeinträchtigen."

Das halte ich jetzt für Unsinn. „Das Gegenteil ist der Fall! Ich habe mit WhatsApp viel mehr soziale Kontakte als früher."

„Kontakte schon, doch nicht unbedingt sozial. Die Leute schauen auf ihr Smartphone und achten nicht auf ihr Umfeld. Sie sind nie dort wo sie sind."

Ich schüttle den Kopf, denn mir scheint das viel zu weit hergeholt. Vielleicht hat Birgit so ein uraltes Handy, mit dem man nur telefonieren kann und ist zu ungeschickt, mit der modernen Technik umzugehen, obwohl das jedes kleine Kind begreift.

„Doch was soll ich machen? Ich kann nur dafür sorgen, dass sie mir die Dinger nicht ins Haus schleppen." Nun lächelt sie. „Gut ist, sie lernen bei meinen pingeligen Eltern Ordnung zu halten, was bei mir nicht so funktioniert."

Ich nicke. Ordnung ist wichtig. Automatisch denke ich an das Chaos in Annas Zimmer, wo immer irgendwelche Kleider herumliegen. Nur bei ihren Büchern hält sie Ordnung.

„Jedenfalls wohnen meine Eltern ganz in der Nähe. Ich bin also völlig frei." Sie zieht ihre Schultern hoch und lacht. „Ich muss nirgend-wohin zur Arbeit. Ich muss nichts tun, was ich nicht tun möchte. Ich muss niemanden sehen, den ich nicht sehen will."

Birgits Fröhlichkeit steckt mich an. Ich freue mich mit ihr. Doch ich frage mich, wovon sie lebt. Sie geht nicht zur Arbeit und sitzt schon tagsüber im Lokal und futtert Torte. Sie sprach von einem Freund. Vielleicht unterstützt er sie finanziell. Das will ich jetzt wissen.

„Du hast einen Freund?", frage ich.

Birgit nickt. „Er ist so ein ganz lieber, ein Frauenversteher." Sie lacht. „Die sind selten. Man muss nur aufpassen, was man sagt – er ist schnell beleidigt."

„Wie Thomas", denke ich und sage laut: „Ich habe auch so ein Exemplar."

Mein Mann ist wirklich ein lieber Mensch. Nur leider hat er seit Monaten die Lust am Sex verloren. Soll ich Birgit davon erzählen? Nein, das geht sie nichts an, wir kennen uns kaum. Außerdem ist Sex wohl nicht das Wichtigste in einer langen und gutgehenden Partnerschaft. Thomas ist sehr aufmerksam und ausgesprochen treu. Veränderungen mag er nicht, für ihn soll alles so bleiben wie es ist und schon immer war.

„Eigentlich ist er ein Traum von einem Mann, obwohl mich seine Antriebslosigkeit manchmal zur Weißglut bringt", beende ich das Thema. Darüber kichern wir beide.

„Und einen festen Partner habe ich außerdem." Entsetzt schaue ich Birgit an. Bisher tat sie so, als sei ihr die Wahrheit wichtig. Doch wer neben einem festen Partner noch einen Freund hat, lügt ganz offensichtlich. Meine Meinung über diese exzentrische Person steht fest und sie ist alles andere als schmeichelhaft. Trotzdem erkundige ich mich höflich: „Mit Freund meinst du wohl einen Kumpel?"

Birgit kichert. „Nein. Mein Freund ist allein für die Liebe da, mein Partner lebt mit mir und den Kindern zusammen."

Dazu sage ich lieber nichts, denn hierbei verstehe ich keinen Spaß. Ziemlich bissig frage ich: „Und das macht deinem Partner nichts aus?"

„Nein." Birgit schüttelt amüsiert den Kopf. „Er

meckert nie, wenn ich ausgehe und ist überhaupt ein recht schräger Vogel."

Schräger Vogel? Wie redet diese Frau über ihren Partner? Ich finde das direkt empörend.

„Er ist wunderschön und absolut pflegeleicht."

Nun reicht es mir. Worauf habe ich mich mit dieser seltsamen Frau eingelassen? Mir kam sie von Anfang an nicht geheuer vor. Man kann doch keinen Mann als pflegeleicht bezeichnen. Am liebsten würde ich sofort gehen, doch ich habe schon angefangen, meine Nudeln zu essen. Noch einmal treffe ich diese Birgit ganz sicher nicht.

„Jetzt glaubst du, ich habe einen Vogel, was?" Sie schaut mich prüfend an. Ich denke, dass ich es so milde nicht ausdrücken würde. „Und damit hast du vollkommen Recht."

Darauf sage ich nichts und konzentriere mich auf mein Essen. Vor lauter Ärger auf meine Tischgesellschaft kann ich die Nudeln gar nicht richtig genießen.

Birgit lacht mit einem Mal schallend laut und schlägt sich vor Vergnügen auf ihre Schenkel.

„Ich habe wirklich einen Vogel. Mein „Partner", der bei mir wohnt, ist nämlich ein Papagei."

Ein Papagei? Vermutlich schaue ich ziemlich verdutzt, denn Birgit prustet schon wieder los. Eigentlich mag ich solche Späße nicht, schon gar nicht die, die mich absichtlich so aufs

Glatteis führen. Ich fühle mich direkt vorgeführt und lächerlich gemacht. Birgit hat einen Vogel. Doch im nächsten Moment stimme ich in ihr Gelächter ein.

„Ein Papagei kann bis zu siebzig Jahre alt werden", erzählt sie. „Er ist total musikalisch und tanzt gern – wie ich. Er plappert nicht nur alles nach, er hat eigenen Verstand."

„Jetzt übertreibst du", versuche ich, sie zu bremsen, denn alles glaube ich dieser Frau nicht.

„Nein, ich übertreibe ganz und gar nicht. Er verlangt zum Beispiel eine Banane. Und wenn ich ihm statt der Banane eine Nuss gebe, schleudert er sie einfach weg."

Birgit fallen immer mehr Beispiele ein, was ihr „Partner" alles für Dummheiten anstellt. Zum Schluss sagt sie. „Wenn ich vor Theobald meine Ruhe haben will, werfe ich einfach eine Decke über den Käfig. Versuch das mal mit einem Mann!"

Und schon kichern wir beide wieder.

Birgit kann witzig erzählen. Dabei spricht sie kaum über ihre Kinder. Ich mag die sogenannten Frauenthemen nicht, wobei es meist um Mode, Kinder und Kochrezepte geht. Das sind alles Dinge, über die man wirklich nicht reden muss.

Doch so geradeheraus wie meine neue Freundin benenne ich die Dinge nicht. Es ist merkwürdig: Manche Leute kennt man gut, weil man mit ihnen arbeitet oder Tür an Tür wohnt, aber man hat seltsamerweise noch nie offen mit ihnen gesprochen, schon gar nicht privat, eher über Unverfängliches wie das Wetter. Und einen anderen wie Birgit trifft man auf der Straße und vertraut sich ihm sofort an.

März 2018

Birgit

Obwohl Katrin meist hektisch und gleichzeitig etwas zugeknöpft wirkt, ist sie seit unserem ersten Treffen meine beste und einzige Freundin. Wir verbringen gern Zeit miteinander. Meist bummeln wir an der Chemnitz entlang. Doch wenn es so eisig kalt draußen ist, setzen wir uns lieber ins *Cortina* oder wie heute ins *Alex* direkt am Markt.

„Lebst du schon immer hier in Chemnitz?", frage ich sie.

Katrin schüttelt lächelnd den Kopf. „Immerhin seit über zwanzig Jahren, also mehr als die Hälfte meines Lebens."

„Und vorher?"

„Ich wuchs in Büdingen auf."

Diesen Namen habe ich noch nie gehört.

„Das ist eine Kleinstadt in Hessen."

Hessen. Nun ist mir klar, weshalb sie nicht sächsisch spricht.

„Büdingen ist ein hübsches, verschlafenes Städtchen mit einem Schloss, einem Park und einer schönen Stadtmauer, alten Häusern – kurz gesagt: schön, aber langweilig. Als Kind ging ich jede Woche zum Ballett und zweimal pro Woche zum Schwimmkurs."

„Deshalb schwimmst du täglich im Stadtbad?"

Katrin nickt und erzählt weiter: „Als ich etwa in die dritte Klasse ging, wurden in Hessen Gesamtschulen eingeführt."

Ich weiß zwar, dass das Schulsystem in Hessen anders ist als das in Sachsen, doch so richtig verstehe ich das mit der Gesamtschule nicht.

Katrin erklärt: „Das heißt, ich sollte bis zum Realabschluss weiter in der gleichen Klasse und weiter mit den gleichen Kindern bleiben statt ab der 5. Klasse ins Gymnasium zu wechseln. Mich hat es furchtbar geärgert."

„Was ist so schlimm daran?"

Bei uns verbrachten die Kinder in der Regel zehn Schuljahre zusammen. Nur einige wenige gingen nach der achten Klasse zur erweiterten

Oberschule, um das Abitur zu machen und einige direkt in die Lehre.

„Das haben mich meine Eltern auch gefragt."

„Und was hast du geantwortet?"

„Nichts. Was sollte ich darauf sagen, es ließ sich sowieso nicht ändern. Ich war einfach nur wütend, weil ich gern eine höhere Schule besucht hätte. Weißt du, ich war damals sehr ehrgeizig und wollte nach dem Abitur studieren und nach Amerika auswandern."

„Amerika?", rufe ich entsetzt aus. „Warum denn so weit weg?"

Ich hatte nie das Bedürfnis, meine Heimat zu verlassen. Vermutlich passt die Stadt Chemnitz zu mir wie ich zu ihr.

„Kinderträume eben. Es ist ja auch nichts daraus geworden. Ich habe nach der Realschule Bankkauffrau gelernt."

„Kein Studium?"

Katrin schüttelt den Kopf. „Ich wollte möglichst schnell in eine große Stadt und vor allem eigenes Geld verdienen und nicht mehr von den Eltern abhängig sein. Maman ..."

„Wer ist Momong?"

„Meine Mutter. Sie ist Französin. Sie ließ mich ziehen, obwohl ich noch keine Achtzehn war und Chemnitz vierhundert Kilometer von Büdingen entfernt ist."

Mich wundert, weshalb sie ausgerechnet in

Chemnitz landete, denn Bankkauffrau kann man sicher überall lernen, besonders in Frankfurt, wo es so viele große Banken gibt. Ich kenne die Stadt zwar nicht, doch sie wird nicht kleiner als Chemnitz sein.

„Hattest du nie Heimweh?", frage ich ungläubig. Ich sehe Katrin an, wie sehr sie sich über meine Frage wundert. Sie schüttelt energisch ihren Kopf.

„Büdingen ist mir viel zu eng, zu spießig. Ich fühle mich wohl in Chemnitz."

Ich fühle mich ebenfalls wohl in Chemnitz, doch ich bin im Gegensatz zu Katrin hier geboren und aufgewachsen und möchte nie von hier fort.

„Leben deine Eltern noch in Büdingen?"

Katrin schüttelt den Kopf.

„Nein, mein Vater starb vor über zehn Jahren und Mutter ging zurück nach Frankreich." Das sagt sie so sachlich wie einen Wetterbericht. Mich hätte das zerrissen.

„Wieso nach Frankreich?"

„Ich sagte doch, sie ist Französin."

„Warum bist du nicht mitgegangen?"

„Warum sollte ich? Ich kenne zwar die Sprache, doch Mutter meint, ich sei zu deutsch, viel zu sehr in meiner Ordnung und Disziplin gefangen, als dass ich mich in Frankreich wohl fühlen könnte."

Ich mustere Katrin. Sie sieht immer wie aus dem Ei gepellt aus. Nichts zippelt, nichts ist verknittert, kein winziger Fleck oder gar Riss stört das perfekte Bild ihrer klassischen Eleganz. Sicher war sie schon als Kind so ordentlich, während ich wegen meiner bunten Kleider und meiner Locken Zigeuner gerufen wurde. Außerdem saß ich in den Schulpausen in einer Ecke und las, statt wie die anderen Kinder sinnlos herumzurennen. Das machte mich ganz gegen meinen Willen zum Außenseiter.

„Außerdem lebte ich zu dem Zeitpunkt schon lange in Chemnitz und hatte Mann und Kind."

Das ist natürlich etwas anderes. Doch irgendwie klingt es so, als vermisse Katrin ihre Eltern nicht. Ich hätte das nicht ausgehalten, ich brauche meine Eltern und meine Kinder brauchen ihre Großeltern.

„Erzähle mir von deinen Eltern!", bitte ich und schaue Katrin gespannt an.

„Maman ist die typische Französin, wie man sie aus Filmen kennt: schlank, immer gut gekleidet in Kostüm oder Kleid, mit glatten, brünetten Haaren und völlig entspannt. Vater betete sie an, was ich ziemlich übertrieben und sogar direkt peinlich fand. Ich wurde von ihr sehr kühl

66

und autoritär erzogen, Vater mischte sich niemals ein, so oft ich auch versuchte, ihn auf meine Seite zu ziehen. Die Regeln im Haus legte allein Mutter fest, darüber wurde nicht diskutiert."

Ich nicke, obwohl ich mir eine französische Mutter nie streng und kühl vorstellte.

Katrin erzählt weiter: „Unsere Urlaube verbrachten wir ausnahmslos in Frankreich auf dem Land, was ich furchtbar langweilig fand. Zwar gab es zum Spielen meist viele Kinder, doch das alte Haus, in dem wir im Sommer wohnten, war für mich eine Katastrophe. Es hatte undichte Fenster, die Türen klapperten, die alten Betten knarrten und die Dusche funktionierte kaum.

Wir Kinder rannten den ganzen Tag draußen herum, keiner kümmerte sich um uns. Erst am Abend wurde gekocht und gemeinsam mit all den vielen Verwandten und Freunden draußen im Garten gegessen."

Wieder nicke ich. In französischen Filmen verbringen Freunde und Familie den Sommer oft in einem Haus in den Bergen oder noch häufiger am Meer.

„Ist dein Vater auch aus Frankreich?"

Katrin lacht. „Nein, er stammt hier aus der Gegend, er ist Sachse."

Nun ist mir klar, weshalb sie ausgerechnet hier

in Chemnitz landete. Vielleicht hat sie noch Verwandte hier.

„Und wie kommt es, dass du in Büdingen geboren wurdest, obwohl deine Mutter Französin und dein Vater Sachse ist?"

„Ach, das ist eine lange Geschichte."

„Das macht nichts. Ich will sie hören!", bestimme ich und rutsche interessiert ein Stück näher.

„Drei Jahre nach der Wende fuhren wir in den Osten. Mein Vater stammt aus dem Erzgebirge und wollte mir und maman seine Heimat zeigen. Ich hatte keine Ahnung von der DDR, wusste kaum, dass das Erzgebirge in Sachsen liegt."

„Lernt man so etwas nicht in der Schule?", frage ich ungläubig.

Katrin lacht. „Sicher. Etwa so, wie euch die deutschen Bundesländer bekannt sind."

Sie hat Recht. Viel haben wir nicht über den anderen Teil Deutschlands erfahren. Wir mussten einige große Flüsse auswendig lernen und wussten, dass im Ruhrgebiet Steinkohle abgebaut wurde. Und natürlich, dass die BRD ein imperialistischer, aggressiver Staat sei, der sämtliche alten Nazis aufgenommen habe und unbehelligt leben ließe. Ich habe mich nie mit diesem Teil Deutschlands beschäftigt, es interessierte mich einfach nicht. Wozu auch? Nicht einmal meine Eltern hatten jemals den Wunsch geäußert, in dieses ihnen völlig fremde Land reisen zu wollen, zumal alle unsere Verwandten in Chemnitz und Umgebung leben.

„Wir fuhren durch ein enges Tal, weit unter uns ein Fluss, dahinter und neben uns steile Hänge mit viel Wald", erzählt Katrin weiter. „Dann hielten wir an, stiegen aus und schauten auf düstere kleine Häuschen mit schmutzig-grauem Putz. Vater zeigte mit der Hand nach oben und sagte, das sei Scharfenstein."

Ich kenne diese alte Burg, die meines Wissens erst einige Jahre nach der Wende renoviert und als Museum hergerichtet wurde.

„Hoch oben auf einem Felsen thronte eine gigantische Burg, die gruselig auf uns wirkte. Wir mussten den Kopf weit in den Nacken legen, um sie zu sehen und hatten den Eindruck, dass sie uns bedroht. Maman wollte wissen, ob man hineingehen und sie besichtigen kann, doch Vater schüttelte den Kopf. Er meinte, vielleicht käme man hinein, doch nicht wieder hinaus."

„Das verstehe ich nicht", sage ich verwundert.

„Wir verstanden das auch nicht. Schließlich sagte er, man habe ihn vier Jahre lang darin festgehalten."

„Festgehalten? Wie denn festgehalten?"

Katrin zuckt mit der Schulter. „Mein Vater hat kaum etwas davon erzählt. Ich weiß nur, dass er damals zwölf Jahre alt war, als man ihn dort einsperrte."

Nun redet sie Unsinn. Man sperrte keine Kinder ein und schon gar nicht in eine alte, kalte Burg.

„Das glaube ich nicht", sage ich überzeugt.

„Dann glaubst du es eben nicht", meint Katrin gleichmütig. Sie greift nach ihrer Tasche, wühlt darin herum und zieht schließlich einen Kalender heraus. Darin blättert sie vor und zurück, doch sie findet offenbar nicht, wonach sie sucht. „Kinderarbeitshof oder so ähnlich nannte sich das. Ich weiß es nicht mehr."

Ich denke nach. „Meinst du Jugendwerkhof?"

Sie nickt.

Von derartigen Erziehungsanstalten hatte ich gehört, doch nicht, dass auch Scharfenstein ein solches Heim für schwer erziehbare Kinder war. Meist machten diese Kinder nur Schwierigkeiten, schwänzten die Schule, klauten und verprügelten unschuldige Mitschüler. Wenn Katrins Vater solch ein problematisches Kind war, hatte er vermutlich keine Lust, dies seiner Tochter zu gestehen.

„Weißt du, was dein Vater angestellt hat?", frage ich ungeduldig, weil sie nicht weiterspricht.

„Angestellt? Er hat überhaupt nichts angestellt.

Seine Mutter war gestorben und sein Vater versuchte, mit ihm in den Westen abzuhauen, was allerdings misslang. Deshalb landete er für zwei Jahre im Gefängnis und sein Sohn, also mein Vater, in einem Gefängnis für Kinder."

„Du meinst den Jugendwerkhof?"

Sie nickt wieder. „Er sollte zu einer sozialistischen Persönlichkeit erzogen werden. Und das ging nur mit Prügel und militärischem Drill."

„Prügel? Er ist geschlagen worden?" Ich schüttle entsetzt den Kopf und kann mir beim besten Willen nicht vorstellen, dass man zu DDR-Zeiten Kinder geschlagen hat. Möglicherweise daheim im Elternhaus, aber niemals in öffentlichen Einrichtungen.

„Jedenfalls hörte ich damals diese Geschichte zum ersten Mal und wusste nicht, was ich sagen sollte. Weißt du, mein Vater redete nicht viel, eigentlich überhaupt nicht und schon gar nicht über sich selbst."

„Aber jetzt hat er dir alles erzählt."

„Nein." Katrin schüttelt den Kopf. „Zu allem Überfluss stieg eine riesige schwarze Wolke über dem Wald empor und über die Burg jagten finstere Wolken. Ein Gewitter zog auf."

Am liebsten würde ich mir jetzt diese Worte aufschreiben. Sie klingen derart lebendig, dass ich das Unwetter direkt spüre.

„Ich hatte als Kind schreckliche Angst vor Gewitter und zuckte zusammen, als es grell blitzte und gleich darauf der Donner krachte. Maman lachte und schalt mich dummes Ding, weil meine unsinnige Angst den Blitz nicht vertreibt."

„Wie ging es weiter?", frage ich aufgeregt.

Katrin zuckt mit der Schulter. „Ich weiß nicht, vermutlich sind wir einfach ins Auto gestiegen und wieder abgefahren."

„Aber mit deinem Vater! Was war mit ihm?"

„Alles, was ich darüber weiß, weiß ich im Grunde von meiner Mutter, die auch nicht viel erzählt."

„Weißt du denn nicht, wie dein Vater wieder herauskam nach diesen vier Jahren?", bohre ich nach.

„Kurz nach seinem sechzehnten Geburtstag setzte man ihn in Karl-Marx-Stadt in einen Zug Richtung Westen. Er hatte kein zweites Hemd, keine Jacke, keine Papiere – nur einen Zettel als eine Art Passierschein. In Frankfurt holte ihn sein Vater ab, zu dem er vier Jahre lang keinen Kontakt hatte."

„Das muss eine Riesenfreude für die Beiden gewesen sein!" Ich kann mir das Wiedersehen nach so vielen Jahren gut vorstellen und klatsche zufrieden in meine Hände.

„Anfangs schon. Doch sie fanden keinen Draht

zueinander."

„Warum?"

Katrin scheint zu überlegen, ob sie noch mehr preisgibt. Schließlich seufzt sie und spricht weiter. „Maman sagt, mein Vater gab seinem die Schuld für all das Leid, das er in Scharfenstein ertragen musste."

Das verstehe ich nicht, denn für mich wäre es normal gewesen, wenn Vater und Sohn ab sofort unzertrennlich aufeinander gehockt hätten.

„Aber der Vater wollte seinem Sohn nicht schaden, er trägt keine Schuld an den Misshandlungen."

„Das wohl nicht, doch immerhin hat er mit seinem Fluchtversuch aus der DDR genau diesen Schaden verursacht."

Ich schüttle verärgert den Kopf. „Mit sechzehn Jahren sollte ein Junge den Unterschied zwischen Recht und Unrecht und Ursache und Wirkung erkennen." Mir ist klar, dass er entsetzlich einsam und zutiefst enttäuscht gewesen sein muss. Vermutlich hat er außerdem das Vertrauen zu den Erwachsenen verloren. Doch dass er seinem Vater die Schuld für erlittenes Unrecht gibt, verstehe ich nicht.

„Hat dein Vater seinem vergeben können?"

Katrin zuckt mit der Schulter. „Das weiß ich nicht."

„Aber ohne Vergebung findet man keinen Frieden. So etwas weiß man doch!"

Wieder zuckt Katrin mit der Schulter. Ist ihr das gleichgültig?

„Und dein Opa?"

„Was meinst du damit? Ich habe ihn nie kennengelernt und weiß weder, was für ein Mensch er ist bzw. ob er überhaupt noch lebt."

„Ihr habt keinen Kontakt zueinander?", frage ich entsetzt. „Dann weiß er vielleicht gar nicht, dass sein Sohn bereits vor zehn Jahren starb."

Diese Geschichte wird immer verworrener, doch ich will mehr erfahren. Katrin kennt ihren Opa nicht und wohl auch nicht seine Lebensgeschichte.

„Willst du das nicht herausfinden?"

„Wozu? Mein Vater wird seine Gründe gehabt haben, wenn er ihn nicht sehen wollte. Ich respektiere das."

Das ist wieder etwas, was ich nicht verstehen kann.

„Und wie ging es weiter?", will ich jetzt wissen und hoffe, dass mir Katrin wenigstens das erzählt.

„Er begann eine Lehre und bezog recht bald ein winziges Zimmerchen bei einer alten Dame." Sie lacht. „Und in einem anderen Zimmer wohnte meine Mutter, die kaum Deutsch verstand, weil sie erst kurz zuvor aus Frank-

74

reich gekommen war. Die Beiden haben sich in ihrer Einsamkeit aneinander geklammert. Und so bin ich entstanden." Katrin breitet ihre Arme aus und lacht wieder.

Ich bin ganz benommen von dieser heftigen Geschichte, zumal ich die Burg Scharfenstein kenne und sie schon oft mit den Zwillingen zur Schatzsuche und Geisterstunde und einmal sogar zu einem Geburtstagsfest mit insgesamt acht Kindern besuchte. Doch von einem Kindergefängnis weiß ich nichts.

Mir ist meine Ahnungslosigkeit peinlich, obwohl es nicht meine Schuld ist. Vielleicht hätte ich mich irgendwo informieren können. Ich nehme mir deshalb vor, noch heute im Internet danach zu suchen.

Und tatsächlich finde ich heraus, dass in der DDR mehr als 400 Kinderheime und über dreißig Jugendwerkhöfe betrieben wurden, in denen als Erziehungsmaßnahme sogar Klein-kinder in Arrestzellen und Dunkelkammern gesperrt und verprügelt wurden. Das wusste ich alles wirklich nicht.

Am meisten schockt mich, dass diese Erzieher, die die Kinder gezielt misshandelten, heute noch als gut bezahlte Pädagogen arbeiten oder eine hohe Rente beziehen und sogar geachtet werden.

Thomas

Ich liege im Bett und schaue zum Fenster. Die Vorhänge sind zurückgezogen und geben den Blick frei auf die Lichter der Stadt Leipzig.

Mich interessiert die Stadt nicht, da sich Städte ohnehin alle irgendwie ähneln. Chemnitz ist wie Augsburg oder Prag oder Melbourne oder wie hier Leipzig. Es hängen überall die gleichen Plakate, man findet die gleichen Geschäfte, die gleichen Marken. Man müsste dort leben, um einen Unterschied zu bemerken – eine bloße Besichtigung bringt überhaupt nichts.

Leipzig interessiert mich nicht, mich interessiert allein Birgits nackter Körper, der sich als schwarzer Schattenriss vor dem Fenster abhebt. Ich betrachte ihre runden Hüften, ihre schweren Brüste und die festen Schenkel. Alles an ihr ist wunderschön.

Sie hebt einen Arm und hält damit ihre Locken hoch. Für mich sieht das wie eine Einladung aus, sie sofort zu mir ins Bett zu ziehen. Ihre langsamen Bewegungen machen mich verrückt. Ich stöhne versonnen.

„Woran denkst du?, fragt sie, ohne sich umzudrehen.

„An dich natürlich."

Birgit wirft ihren Kopf in den Nacken und mir ist klar, dass sie lacht.

„Und du? Woran denkst du?", will ich wissen.

„An Köln."

Überrascht setze ich mich auf. „Wieso denn Köln?"

„Ach, ich weiß nicht, ob ich davon träumte oder die Geschichte irgendwo gelesen habe."

„Was denn für eine Geschichte?" Eigentlich will ich sie gar nicht hören, ich will Birgit spüren, ihren üppigen Körper in meinen Armen halten.

„Es war seltsam. Auf dem großen Platz vor dem Bahnhof sammelten sich Menschen, es wurden immer mehr und sie raunten einander zu: Gleich geht's los! Von allen Seiten kamen Straßenbahnen und hielten an. Kein Auto kam an all den Menschen und Bahnen vorbei."

Ich schüttle den Kopf. Birgit ist Autorin und hat viel Fantasie, die hin und wieder mit ihr durchgeht. Doch eigentlich spiegeln ihre Geschichten eher den ganz normalen Alltag.

„Weißt du, was all die vielen Menschen machen?"

Wieder schüttle ich meinen Kopf.

„Sie tanzen! Sie tanzen eine halbe Stunde lang. Dann gehen sie auseinander, an ihre Arbeit und wenige Minuten später geht auf dem Platz alles so weiter wie immer, als hätte es den Menschenauflauf und das Tanzen nicht gegeben."

Ich muss schmunzeln, denn tanzende Menschen passen zu Birgit. Sie tanzt gern, hüpft dabei nicht hin und her, sondern bewegt sich anmutig langsam, was zu ihrem sinnlichen Körper passt. Sie kennt keine Schritt-Kombinationen, sie gibt sich einfach der Musik hin. Sie sagt, dass sie das Tanzen liebt, weil man dabei wie mit Worten seine Gefühle ausdrücken kann.

Ich betrachte wieder ihren schönen Körper und ich möchte ihn packen, umarmen, festhalten. Doch ich muss mich losreißen, ich muss nach Hause. „Es ist schon dunkel, ich muss los."

„Ich weiß." Birgit nickt. Sie streicht mit beiden Händen ihre Locken aus dem Gesicht und fasst die unbändige Haarpracht hinter dem Kopf zusammen.

Wenn ich jetzt zu ihr hingehe und ihren warmen Körper umarme, kann ich mich wieder nicht beherrschen. Das weiß ich. Ich kriege einfach nicht genug von dieser sinnlichen Frau. Also stehe ich auf und steige unter die Dusche.

Zwei volle Tage und eine ganze Nacht haben wir fast ohne Pause in diesem Hotel in Leipzig verbracht, eine unbeschreiblich schöne Zeit in den Armen einer wunderbaren Frau. Sie gibt sich vollkommen ohne jede Hemmung hin. Meine Wünsche scheint sie zu ahnen und erfüllt sie leidenschaftlich und zwar so, als hätte sie das Kamasutra erfunden. Ich bin absolut hingerissen von dieser einzigartigen Frau und ihrer sehr speziellen Erotik.

Das Essen ließen wir uns aufs Zimmer bringen, damit uns nichts von der wertvollen Zeit miteinander verloren geht.

Bisher konnten wir uns für kaum mehr als jeweils eine Stunde treffen. Das ist der Nachteil meines geregelten Lebens. Im Grunde kann man die Uhr nach mir stellen, wann ich morgens aus dem Haus gehe, wann zum Mittagessen und wann ich wieder daheim bin. Da bleibt kein Platz für ein heimliches Treffen mit einer Frau. Wir verabredeten uns zum Essen oder nutzten eine Gelegenheit, wenn die Zwillinge bei ihren Großeltern waren, zu einem kurzen Schäferstündchen.

Wir reden viel miteinander. Meist sprechen wir über Bücher und Birgits neuen Roman. Ich mag unsere Gespräche. Ich mag ihre Art zu reden und sich zu bewegen. Ich mag eigentlich alles an ihr. Auch, dass sie sehr verletzlich ist und geheimnisvoll. Unsere Körper verstehen sich ebenso wie unsere Seelen.

Ich wusste zuerst nicht, wie ich Katrin meine Übernachtung in Leipzig erklären sollte, denn Leipzig ist mit dem Auto oder mit dem Zug in nur einer Stunde leicht und schnell zu erreichen. Doch dann war es ganz einfach. Ich sagte ihr, dass ich die Buchhandlung am Samstag schließe, weil es an diesem Tag auf der Buchmesse viele interessante Treffen für mich gäbe, außerdem Lesungen am späten Abend. Die eigentlichen Verlagsbesuche könnte ich deshalb erst am Sonntag ablaufen und würde gleich in Leipzig übernachten.

Eigentlich bringt es nichts, zur Buchmesse zu fahren, nicht einmal für einen Buchhändler. Die Leute an den Ständen schauen generell zur Seite, wenn sich ein Besucher nähert. Sie begrüßen offenbar nur Bekannte. Wenn sie zu zweit an einem Stand sind, unterhalten sie sich derart konzentriert, dass man sie nicht ansprechen kann. Doch man muss sie ansprechen, obwohl auch das nichts bringt. Ich frage mich, wer die Leute für den Stand aussucht. Einmal war ich derart verärgert, dass ich solch eine zurückhaltende Dame fragte, welche Funktion sie im Verlag habe. Zuerst tat sie, als sei dies ein Betriebsgeheimnis, dann gestand sie leise: Marketingleiterin. Sie war also für Werbung verantwortlich, warb aber nicht. Warum sprach sie Vorübergehende nicht an und lockte sie in ihre Ausstellung?

Katrin schöpfte keinen Verdacht und nahm meine Mitteilung gleichmütig hin.

Manchmal empfinde ich es direkt als kränkend, dass Katrin nichts merkt. Ich bin immer sehr aufgeregt an Tagen, an denen ich mich mit Birgit treffe und wähle meine Hemden sorgfältiger aus. Wie kann sie sich meiner so sicher sein? Ich hatte immer Angst, verlassen zu werden. Katrin scheint diese Angst nicht zu kennen.

Birgit ist für mich keine Affäre, ich liebe sie und möchte am liebsten immer mit ihr zusammen sein.

Doch ich liebe auch Katrin. Sie ist Annas Mutter und seit achtzehn Jahren meine Frau, meine Gefährtin im Alltag und überhaupt. Auch der Sex mit ihr ist gut. Sie hat dabei eine direkte, fordernde Art, steht nicht auf sanftes Streicheln, eher auf derbes Zupacken. So zärtlich wie Birgit ist sie nicht, doch sie hat eine ganze Reihe wunderbarer Charakterzüge. Ich mag ihre praktische, analysierende Art, wie überlegt sie an alles herangeht.

„Ich werde heute mit ihr reden", sage ich. Damit Birgit weiß, wovon ich spreche, drücke ich mich sicherheitshalber deutlicher aus. „Ich erzähle heute Abend meiner Frau von dir, von uns."

„Das musst du nicht", erwidert sie sanft.

„Doch, ich muss. Ich will Ordnung schaffen."

„Was ist denn für dich nicht in Ordnung?"

Überrascht schaue ich Birgit an. „Aber willst du denn nicht mit mir leben?"

„Nein."

Wie soll ich das verstehen? Liebt sie mich nicht? Bin ich nur eine Affäre für sie?

Sie lächelt sanft und schon ist meine Angst verschwunden. Natürlich liebt sie mich, es kann gar nicht anders sein.

Langsam knöpft sie mein Hemd zu und wischt eines ihrer Haare beiseite. „Ich finde es schön so, wie es ist. Wenn du bei mir bist, bist du ganz bei mir."

„Aber ich gehe wieder!", rufe ich empört aus. „Ich möchte gern bleiben, am liebsten für immer."

Birgit schüttelt den Kopf und küsst mich auf die Wange. Dann streicht sie langsam über meinen Arm und sagt: „Du hast eine Frau, eine Familie."

„Meine Tochter ist erwachsen, sie wird es verkraften."

„Und deine Frau?"

„Sie ist ..."

„Nein, rede nicht weiter! Bitte!" Birgit hält mir sanft ihre Hand auf meinen Mund, die ich sofort festhalte und küsse. „Ich will es nicht wissen. Mich interessiert das nicht. Mir reicht es, wenn ich dich hin und wieder in meinen Armen halte."

Hin und wieder? Mehr will sie nicht? Offenbar bin ich nur ein Zeitvertreib für sie. Ich packe sie derb an ihren Oberarmen und schiebe sie etwas fort von mir.

„Merkst du nicht, dass ich dich liebe?"

„Doch. Natürlich merke ich das. Und ich genieße es. Mich stört es nicht, dass sich solche Gelegenheiten wie jetzt zur Messe kaum wiederholen lassen."

„Dich stört es nicht?" Fassungslos schaue ich Birgit an. So eine ganze Nacht gemeinsam im Bett kann man nicht mit einer schnellen halben Stunde Sex vergleichen.

„Nein. Ich bin zufrieden mit dem, was ich habe. Mehr will ich nicht."

Das kann ich nicht begreifen. Warum will sie nicht mit mir zusammenleben? Das kann nur bedeuten, dass sie mich nicht liebt, Das ist die einzig mögliche Erklärung. Normal wäre, wenn sie von mir verlangt, mich von Katrin zu trennen.

Doch will ich das wirklich? Ich liebe Katrin. Kann man gleichzeitig zwei Frauen lieben? Muss man sich gar nicht unbedingt entscheiden? Das scheint mir recht unmoralisch zu sein.

„Liebst du mich nicht?", frage ich sie.

„Doch. Auf meine Art liebe ich dich."

„Was heißt denn: auf deine Art?"

„Ich mag dich, doch ich möchte nicht mit dir zusammenleben."

„Das verstehe ich nicht!"

„Das musst du auch nicht verstehen. Du musst es nur akzeptieren."

Während der Rückfahrt nach Chemnitz spreche ich kein einziges Wort. Ich bin tief verletzt und irritiert, während Birgit mich einfach in Ruhe lässt. Ich nehme ihr das sehr übel. Sie sollte mich trösten, mich beruhigen, mir sagen, dass alles ein Missverständnis ist und sie mich braucht, am liebsten jeden Tag. Doch diesen Gefallen tut sie mir nicht.

Katrin

Heute Morgen zeigte das Thermometer sieben Grad minus, dabei war gestern Frühlings-anfang. Immerhin scheint wunderbar die Sonne. Ich liebe zwar den Winter sehr, doch so langsam sehne ich mich nach Wärme. Es hat eben alles seine Zeit.

Ich schaue auf meine Uhr: 13:00 Uhr. Gleich treffe ich Birgit im *Cortina*, ihrem Lieblingslokal.

Schon von weitem erkenne ich sie an ihrem weiten knallbunten Kleid, das ihre Stiefel umspielt. Sie schlendert gemütlich und schaut sich um dabei. Mal winkt sie einem alten Mann zu, mal lacht sie ein Kind an. Endlich entdeckt sie mich und wedelt heftig mit ihrem Arm.

Sie sucht sich an der Theke im Lokal sofort ein Stück Torte aus, ich bestelle mir einen Salat. Birgit schaut auf meinen Teller, lächelt spöttisch und schüttelt amüsiert ihren Kopf. Das ärgert mich und ich sage: „Ein Salat würde dir auch gut tun, jedenfalls besser als solch eine Kalorienbombe." Ich zeige auf ihre Torte.

„Und wieso? Du warst es, die mir erklärt hat, dass rohes Obst und Gemüse nicht gut ist."

Ich denke kurz nach, dann fällt mir unser Gespräch ein.

„Dabei ging es um deine Kinder, denen du am Abend Obst gibst. Jetzt haben wir Mittag. Außerdem will ich schlank bleiben." Fast hätte ich noch hinzugefügt, dass ich nicht so aus dem Leim gehen will wie sie. Doch so etwas zu sagen gehört sich nicht.

Birgit zuckt mit der Schulter. „Ich kriege etwas für mein Geld und werde satt davon, während du für Grünzeug ohne Nährwert ungleich mehr zahlst und auch noch mehr kauen musst als ich."

Eigentlich wäre es besser, darauf gar nicht zu

antworten, das käme einer Rechtfertigung gleich, was ich nun wirklich nicht nötig habe. Trotzdem erkläre ich ihr, dass mein Salat im Gegensatz zu ihrer Torte, die viel zu viel Zucker enthält, keinen Schaden anrichtet.

So richtig kommt unsere Unterhaltung nicht in Schwung, denn Birgit bleibt ungewohnt ruhig. Sie wirkt ernst und nachdenklich.

Schließlich seufzt sie und sagt: „Mir wird das im Moment alles zu viel. Ich brauche erst einmal eine Pause."

So richtig verstehe ich nicht, wovon sie eine Pause braucht, da sie so stolz auf ihr freies Leben ist. Ich frage also: „Pause wovon?"

„Von der Liebe", sagt sie leichthin.

„Wieso willst du ausgerechnet von der Liebe eine Pause? Davon kann man doch nie genug bekommen!"

Birgit zuckt mit der Schulter. „Mein Freund will plötzlich mehr von mir. Verstehst du?"

Ich verstehe nicht wirklich und schüttle den Kopf.

„Er will reden, er will meine Kinder kennenlernen, er will mehr Zeit mit mir verbringen. Nur Sex ist ihm zu wenig."

„Aber das ist doch wunderbar!"

Sie verdreht die Augen. „Mir reicht Sex, mehr will ich nicht von einem Mann."

Ich kann Sex nicht als losgelösten Trieb

betrachten, für mich geht es um den gesamten Mann, der mir Freund und Geliebter gleichermaßen ist.

„Aber du hast gesagt, du gehst mit ihm aus", erinnere ich sie.

„Ja, zum Essen. Sex macht hungrig." Birgit schiebt sich einen Löffel voll Torte in den Mund und schließt genießerisch die Augen. „Ich esse gern, eine gute Mahlzeit ist mir wichtig."

Das weiß ich längst und ist auch nicht zu übersehen. Wobei ein Stück Torte kein wirkliches Mittagessen ist.

„Außerdem ist mir das alles zu kompliziert."

Heute spricht Birgit in Rätseln.

„Wieso?", will ich wissen.

„Naja, er ist verheiratet."

„Verheiratet?" Sofort sinkt Birgit in meiner Achtung. Weshalb lässt sie sich mit einem verheirateten Mann ein? Sie macht eine Ehe kaputt. Dafür habe ich kein Verständnis. „Hast du keine Skrupel? Keine Gewissensbisse?"

Wieder zuckt sie mit der Schulter. „Wieso? Ich bin frei. Er hat das Problem, nicht ich."

Ziemlich fassungslos schüttle ich meinen Kopf.

„Damit bist du fein raus, was?", fauche ich.

Niemals würde ich fremdgehen. Mir wäre das Risiko einfach zu groß. War das heimliche Stelldichein nicht der Hit, hätte ich´s bleiben lassen können statt ständig Angst vor Entdeckung zu haben. Noch schlimmer wäre wohl, wenn mir das Zusammensein mit dem fremden Mann gefällt. Dann würde ich vermutlich eine Wiederholung und mich am Ende von meinem Ehemann trennen wollen. Nein, man muss vorher nachdenken, um nicht hinterher vor den Trümmern seiner Ehe zu stehen.

„Sei nicht sauer! Bitte!" Birgit legt mir einen Arm um die Schulter.

Im Grunde geht es mich nichts an, doch ich mag keine Lügen, keine Intrigen, keine Heimlichkeiten. Ich könnte gar keinen Mann lieben, der fähig ist, seine Frau zu betrügen.

„Hast du das nötig?" Birgit antwortet nicht. „Was hast du dir nur dabei gedacht, dich mit einem verheirateten Mann einzulassen?", frage ich ziemlich ungehalten, obwohl mir schon klar ist, dass sie vermutlich überhaupt nicht darüber nachgedacht hat und ich nicht das Recht habe, ihr solche Fragen zu stellen.

„Weißt du, ein Mann, der bereits gebunden ist, ist sozusagen keine Gefahr. Er geht nach dem Sex wieder nach Hause, ich muss ihn nicht tagtäglich ertragen und schon gar nicht seine Hemden waschen oder ein Süppchen kochen."

Derartig eiskalte praktische Gedanken hätte ich Birgit gar nicht zugetraut.

„Aber das macht doch die Liebe aus! Man will am liebsten rund um die Uhr zusammen sein."

„In der Liebe vielleicht." Sie schaut mich etwas irritiert an und gesteht: „Ich habe mich noch nie verliebt. So weit lasse ich´s nicht kommen. Ich will frei bleiben, Sex haben."

Sex will ich auch.

„Zweimal pro Woche eine heiße Stunde im Bett und ansonsten meine gewohnte Ruhe."

Jetzt bin ich direkt neidisch und mir rutscht raus: „Mein Mann rafft sich nur aller zwei, drei Monate zu einem Schäferstündchen auf."

Birgit lacht.

„Was gibt es da zu lachen?", frage ich ungehalten.

„Ich glaube, die Frauen erwarten zu viel von ihren Männern."

„Was heißt hier zu viel?"; empöre ich mich.

„Dein verheirateter Kerl trifft dich zwei Mal pro Woche und seine Frau geht am Ende leer aus."

„Möglich. Ich habe keine Ahnung, ob er noch mit seiner Frau schläft, ist mir auch gleichgültig. Ich meinte vorhin, dass Sex einfach nur Sex ist – nichts besonderes eben. Es braucht keine leidenschaftliche Hingabe und auch keine tiefe Befriedigung." Bei diesen Worten verdreht sie die Augen und kreuzt theatralisch ihre Hände vor der linken Brust. Ich muss wohl ziemlich verdutzt geschaut haben, denn sie ergänzt:

„Wenn man den Sex mit der Ernährung vergleicht, würde das bedeuten, dass jedes Essen ein 4-Sterne-Mahl bei Kerzenschein sein müsse. Verstehst du? Eine Wurstbemme wäre unzumutbar."

Irgendwie muss ich Birgit recht geben. Vielleicht hat man wirklich viel zu hohe Erwartungen, die kein Mensch erfüllen kann. Schon gar nicht auf Dauer.

„Wenn du Lust auf ihn hast, dann mach ihn doch an, mach ihm die Hölle heiß!", rät sie.

„Das sagst du so leicht. Er dreht mir einfach den Rücken zu und sagt, er sei müde. Was kann ich da ausrichten?"

„Wie lange seid ihr verheiratet?"

„Etwas mehr als achtzehn Jahre."

„So lange schon? Nun, dann ist das wohl normal, manche Paare haben schon nach drei oder vier Jahren genug voneinander."

Gehört habe ich davon, doch ich glaubte wohl, es beträfe nur die Anderen, niemals mich, niemals uns und unsere Ehe.

„Männer sind faul, verstehst du?"

„Was hat denn das damit zu tun?" Ich ärgere mich, mit diesem Thema überhaupt angefangen zu haben. Oder war es Birgit?

„Sie gucken lieber einen Porno und holen sich dabei einen runter."

Ich schaue wohl ziemlich verdattert, denn sie

lacht schallend.

„Wie eklig!", rufe ich aus.

Birgit lacht noch lauter.

„Wieso? Das ist völlig normal für einen Mann."

Da kennt sie meinen nicht. Der wäre niemals so primitiv und würde an sich herum rubbeln und dabei in fremde nackte Frauenteile schauen.

„Du musst dir das wie beim Sport vorstellen!"

Ungläubig schaue ich Birgit an. Was hat denn der Sport mit Porno zu tun?

„Die meisten Kerle schauen stundenlang Fußball." Ich nicke, obwohl sich Thomas zum Glück nicht für Sport interessiert. „Doch die wenigsten rennen selbst übers Feld. Sie treiben Sport vom Fernsehsessel aus."

Jetzt verstehe ich, was sie meint. Doch so richtig nachvollziehen oder gar glauben kann ich das nicht. Außerdem ist mir das Thema irgendwie peinlich.

„Du kannst ohnehin keinen Menschen verändern", erklärt Birgit.

„Das weiß ich selbst", gebe ich zurück. „Soll ich deshalb wunschlos leben? Ich habe auch meine Bedürfnisse."

„Dann suche dir einen, der deine Bedürfnisse befriedigt."

„Du spinnst!", fauche ich sie an. „Ich liebe meinen Mann! Ich will keinen anderen, zumal es ohnehin keinen besseren gibt."

„Dann beklage dich nicht über ihn!"

„Tu ich doch gar nicht."

Man schimpft über den Mann wie über das Wetter und weiß doch, dass man es nicht ändern kann.

Mir gehen Birgits schlaue Ratschläge auf die Nerven. Als hätte ich es nötig, mich von einer, die sich an verheiratete Männer heranmacht, belehren zu lassen.

Doch ich mag nicht schweigend neben ihr sitzen, Schweigen ist irgendwie peinlich.

Also frage ich: „Was machst du eigentlich den ganzen Tag, wenn du so frei bist und nichts machen musst?"

„Ich schreibe. Schreiben ist mein Leben. Ich schreibe, wann und worüber ich möchte."

„Du bist Autor?"

„Ja, von inzwischen zwölf eigenen Titeln", antwortet sie hörbar stolz.

Hätte ich nur nicht gesagt, dass ich weder Geschichten noch Bücher mag. Doch so weiß sie wenigstens, dass ich ihre Ergüsse nicht kaufen werde. Andererseits interessiert mich schon, worüber sie so schreibt. Wenn sie das so locker und witzig macht wie sie erzählt, wäre es sicher kein Fehler, eines ihrer Bücher zu lesen. Vielleicht führt sie Thomas sogar in seiner Buchhandlung.

„Unter welchem Namen finde ich deine Bücher?"

„Na, unter meinem: Birgit Thiele."

„Ich frage meinen Mann. Thomas hat eine Buchhandlung in der Innenstadt und kann deine Bücher leicht beschaffen, wenn er sie nicht schon hat."

Birgit nickt. Eigentlich habe ich erwartet, dass sie sich freut, doch sie wirkt eher nervös auf mich.

„Lesezeichen. So heißt seine Buchhandlung."

Sie nickt wieder, während sie bereits aufsteht.

„Weißt du, ich muss dringend weg. Ich habe einen Termin vergessen."

Ohne ein weiteres Wort und ohne eine neue Verabredung rennt sie davon, als wäre der Teufel hinter ihr her. Sogar das Bezahlen hat sie vergessen. Was ihr nur so plötzlich in den Sinn gefahren sein mag? Schade, dass wir bisher noch nicht unsere Telefonnummern tauschten.

*****

Birgit ist wie vom Erdboden verschluckt. Ich finde sie weder im Cortina noch im Schwimmbad, sie läuft weder an der Chemnitz entlang noch besucht sie mich in der Sparkasse. Wo steckt sie nur?

Mir fällt ein, dass sie mal sagte, sie müsse niemanden sehen, den sie nicht sehen will. Das bedeutet, sie will mich nicht sehen. Aber warum? Vermutlich habe ich sie gekränkt. Sicher hat sie sich geärgert, weil ich es so scheußlich von ihr finde, mit einem verheirateten Mann herumzumachen.

Normalerweise überlege ich mir meine Worte genau, bevor ich sie ausspreche. Bei Birgit habe ich diese Vorsicht vergessen, weil ich dachte, ihr alles sagen zu können.

Ich vermisse sie sehr.

Birgit

Meine liebe Freundin Katrin ist also die Ehefrau meines Geliebten. Ich kann es noch immer nicht glauben. Wenn ich solch eine Szene in einem Film sehen würde, würde ich vermutlich den Kopf schütteln über so viel Unsinn und den Fernseher ausschalten. Und doch gibt es derartige Zufälle.

Ich mag Katrin. Sie wirkt zwar recht steif im ersten Moment, doch eigentlich ist sie völlig entspannt. Diese Gabe hat sie sicher von ihrer französischen Mutter geerbt.

Zwar drückt sie sich vorsichtiger aus als ich, doch am Ende ist sie sogar ehrlicher. Dabei denke ich jetzt nicht daran, dass sie vermutlich niemals fremdgehen würde. Sie hat mich deutlich spüren lassen, was sie von Frauen hält, die sich mit einem verheirateten Mann einlassen und war richtig wütend auf mich. Wenn sie nun wüsste, dass ich mit ihrem Thomas schlafe … Gar nicht auszudenken. Nein, ich kann ihr nicht mehr in die Augen sehen.

Auch Thomas nicht. Katrins Gesicht würde sich immer dazwischen schieben. So lange ich seine Frau nicht kannte, hat es mir nichts ausgemacht. Es war schließlich nie mein Problem. Doch nun ist es mein Problem, weil ich Katrin kennen und schätzen gelernt habe.

Wie komme ich nur aus dieser Nummer raus? Eigentlich ist das ganz einfach: ich darf mich nicht mehr mit Thomas treffen. Fertig.

Er reagierte beim letzten Treffen ohnehin etwas seltsam, als wir im Café saßen und ich ihn küssen wollte. Sichtlich nervös, direkt erschrocken schaute er zur Seite und versuchte, sein Gesicht zu verbergen. Ich halte seine ständige Angst, dass uns jemand entdecken könnte, für albern und übertrieben. Was ist schon dabei, wenn ihn jemand mit einer Frau in einem Café sitzen sieht? Ich könnte ein Kunde sein oder mit ihm verwandt. Das geht niemanden etwas an.

Katrin

Ich freue mich auf unseren täglichen Familienabend, doch ich spüre eine seltsame Spannung zwischen Thomas und Anna. Sie gehen sich auf eine Art aus dem Weg, als hätten sie Streit miteinander gehabt und würden sich im nächsten Moment wütend aufeinander stürzen. Ein Streit zwischen den beiden wäre recht ungewöhnlich, denn eigentlich sind sie immer ein Herz und eine Seele.

Thomas bereitet das Abendessen zu, während ich mir noch vor dem Spiegel die Haare richte. Auf Arbeit trage ich sie hochgesteckt, daheim meist mit einem Gummi nach hinten gebunden. Doch heute lasse ich sie einfach offen über meine Schulter hängen.

Anna stellt sich neben mich. Ihre Haare sind nachgewachsen, doch sie lässt sie regelmäßig nachschneiden, allerdings nicht mehr ganz so kurz wie beim ersten Mal. Anna ist mir sehr ähnlich. Wir haben die gleichen Augen, die gleichen Haare, auch Mund und Kinn hat sie von mir, die Nase von Thomas. Und natürlich sein Wesen.

Ich lächle ihr zu, während sie mich ernst

anschaut, direkt prüfend taxiert.

„Du guckst Papa an, doch du nimmst ihn überhaupt nicht wahr!", sagt sie leise.

Was meint Anna damit?

„Natürlich nehme ich ihn wahr", gebe ich zurück und schüttle etwas irritiert den Kopf.

Plötzlich schreit sie mich an: „Sag mal, kriegst du gar nichts mit? Das ist doch nicht zu fassen!" Völlig außer sich greift sie sich an die Stirn.

Ich seufze. In letzter Zeit scheint sie sich ständig gegen einen unsichtbaren Feind zu wehren und verhält sich mir gegenüber unfreundlich und direkt frech. Während der Pubertät war das nie so schlimm. Mal weise ich sie zurecht, mal tue ich, als merke ich ihre Unverschämtheiten nicht.

„Was bist du nur für eine Frau? Du bist ja nicht einmal in der Lage, einen Mann zu halten!", spuckt sie verächtlich aus.

„Wie meinst du das? Wie redest du überhaupt mit mir?"

Doch den letzten Satz hat Anna nicht mehr gehört, weil genau in diesem Moment die Tür ins Schloss kracht. Sie ist weg.

„Was war das jetzt?", will Thomas wissen, als ich zu ihm in unser großes Zimmer komme.

Ich zucke mit der Schulter. Manchmal habe ich das Gefühl, dass mich Anna absichtlich ärgern oder provozieren will. Doch solch ein Gedanke ist albern.

„Komm essen! Ich habe den Tisch gedeckt."

Ich überfliege den Tisch mit den Augen: Brot, Butter, Wurst und Käse – wie immer. Einfallslos. So ist er es von daheim gewöhnt, so ist es ihm am liebsten und so soll es immer sein. Mir wäre mal nach einer überbackenen Zwiebelsuppe, Tartar und vor allem mehr Käse zumute. Doch „Schimmliges" mag Thomas nicht einmal probieren. Immerhin habe ich zumindest durchgesetzt, dass wir niemals vor 20 Uhr zu Abend essen. Ich würde nur gern länger sitzen bleiben und mich mit Thomas und Anna unterhalten, doch sie essen beide recht schnell und schauen dann unruhig umher, weil sie am liebsten sofort den Tisch verlassen wollen.

„Für zwei? Du hast nur für zwei gedeckt", wundere ich mich.

Thomas nickt. „Anna isst bei ihrer Freundin, sie bleibt ein paar Tage bei ihr."

„Ohne mich zu fragen?"

„Sie hat mir Bescheid gegeben und jetzt weißt du´s."

Mir kann es nur recht sein, denn ich will ihm von meiner neuen Freundin erzählen, die

plötzlich ohne jede Erklärung verschwunden ist.
„Ich mag sie, obwohl sie zu allem eine andere Meinung hat als ich. Genaugenommen ist sie eigentlich ein Luder." Ich denke daran, dass sie sich mit einem verheirateten Mann trifft. Vermutlich ärgert sie sich über mich, weil ich ihr deutlich sagte, wie mies ich ihr Verhalten finde. Mir ist zum Heulen zumute. „Wir haben uns gestritten, weil ihr Freund verheiratet ist. Du weißt, dass ich so etwas nicht toleriere. Vielleicht ist es besser, wenn ich sie nicht mehr treffe." Und doch vermisse ich sie, sehr sogar. „Ob sie wohl die Grippe hat?"

„Was?"

„Die Grippe. Es sind so viele krank im Moment, alle haben fürchterlichen Husten."

Thomas schmiert sich Butter auf seine Scheibe Brot. Dann schaut er mich an. Sein Blick wirkt seltsam auf mich, direkt fremd.

„Meine Freundin ..."

„Welche Freundin?"

„Hörst du mir gar nicht zu?", frage ich verärgert.

„Wie?"

„Du hast mir nicht zugehört!", rufe ich empört aus.

„Ich muss dir etwas sagen."

Das ärgert mich jetzt. Ich schütte ihm mein Herz aus und er ist mit sich selbst beschäftigt oder wieder einmal mit irgendeinem Buch, einer völlig fremden Geschichte. In Gedanken höre ich maman: „Contenance wahren!", sagen und bemühe mich, ruhig zu bleiben. Doch das fällt mir im Moment schwer. Ich schaue ihn an und versuche ein Lächeln.

„Ich höre."

„Nein, es ist etwas ernstes."

„Himmel! Thomas! Bist du etwa krank?"

Er schüttelt den Kopf und ich bin sofort erleichtert.

„Hast du mit Anna gesprochen?", fragt er leise.

„Wieso mit Anna?" Ist etwas mit Anna? „Wieso mit Anna?", wiederhole ich ziemlich nervös.

„Sie hat uns gesehen, verstehst du?"

Wen denn gesehen? Ich verstehe gar nichts.

„Im Café. Wir saßen im Café und ..." Hilflos schaut mich Thomas an. „Wir hielten Händchen und haben uns kurz geküsst."

„Anna?"

„Nein, nicht Anna, natürlich nicht. Anna hat uns gesehen, mich und meine …, meine Freundin."

„Was meinst du mit Freundin? Kenne ich sie? Und wieso geküsst?"

So langsam verstehe ich, was er meint. Doch ich glaube es nicht. Thomas ist nicht so einer. Er ist zuverlässig. Das wird sich aufklären.

„Ich … Weißt du, ich habe … Ich weiß nicht, wie ich es sagen soll, Affäre ist nicht das richtige Wort."

„Du hast was? Eine Affäre?"

Thomas schaut auf seine Hose und kratzt mit seinen Fingern darauf herum. Er sagt nichts.

Mir brennt es im Hals, als ob es mir die Kehle zuschnürt. Ich kriege keine Luft. Ich sollte ihm eine kräftige Ohrfeige verpassen, doch ich fühle mich wie gelähmt.

Wieso habe ich nichts gemerkt? Nichts gerochen, wenn er von ihr kam? Benutzt diese Frau das gleiche Parfüm wie ich? Hat er es ihr geschenkt, damit es nicht auffällt? Eine Frau merkt so etwas, immer!

Ich habe nichts gemerkt. Alles war, wie es immer war. Oder? Wir schlafen nicht mehr so oft zusammen, doch das ist normal nach so vielen Ehejahren.

Plötzlich packt mich der Zorn über meine Hilflosigkeit und ich werde vulgär. „Du vögelst eine Andere und mich lässt du vertrocknen?"

„Das hat doch nichts mit dir zu tun, Katrin."

„Wie soll das gehen? Natürlich hat es mit mir zu tun. Mit wem denn sonst?"

„Mit mir, allein mit mir. Ich habe sie kennengelernt und da ist es eben passiert."

„Nichts passiert mal eben so von allein. Und man lernt jeden Tag Leute kennen und geht nicht mit ihnen ins Bett."

Thomas zuckt mit der Schulter.

Ich ertrage plötzlich seinen Anblick nicht, wie er so ruhig mir gegenüber sitzt und in sein Butterbrot beißt. Was ist er nur für ein Mensch?

„Wie lange geht das schon?"

„Einige Wochen."

„Geht es nicht etwas genauer?", fauche ich.

„Morgen wären es fünf Wochen."

Seit fünf Wochen betrügt er mich und das so geschickt und eiskalt, dass ich nichts bemerkt habe. Wie ist es möglich, mich derart zu hintergehen? Ich habe mir nie vorstellen können, dass er lügt. Und doch belügt und betrügt er mich seit mehr als einem ganzen Monat.

„Leg los!", fordert er mich auf.

Ich verstehe nicht, was er meint und frage: „Was meinst du?"

„Sag, was du zu sagen hast! Ich kenne deine vernichtenden Urteile, ich mag sie nicht, doch ich lebe damit."

„Vernichtendes Urteil? Erwartest du vielleicht, dass ich dich für geschicktes Betrügen beglückwünsche? Bist du noch ganz klar im Kopf?"

Warum schreie ich so? Das ist nicht meine Art. Ich reagiere normalerweise besonnen und lasse mich niemals so gehen. Doch es ist nicht normal, was ich gerade erfahren musste.

Er hat nicht gesagt, dass er mich verlassen wird. Aber er hat auch nicht gesagt, dass er bei mir bleibt.

Ich kann jetzt nichts essen. Ich muss hier raus!

Ich schließe mich im Bad ein. Zuerst dusche ich lange und sehr heiß, danach eiskalt bis es weh tut. Nun geht es mir besser. Ich wickle mich in eine Decke und lege mich aufs Bett.

Thomas setzt sich zu meinen Füßen und fährt langsam an meinen Beinen hoch.

„Lass das! Du weißt, dass ich das nicht mag", weise ich ihn zurecht.

Da packt er die Decke und wirft sie zur Seite, so dass sie auf den Teppichboden rutscht. Nun liege ich völlig nackt vor ihm.

„Du bist so schön!", seufzt er.

Dann umfasst er mit beiden Händen meine Taille und hebt mich leicht an. Plötzlich lässt er los, springt auf und zerrt seine Hose ein Stück nach unten. Ich sehe sofort seine Erregung.

Es ist genau das, was ich will: Sex. Reinen Sex. Ich will kein Vorspiel, kein Gefummel, ich will ihn ganz und gar und zwar sofort.

Völlig verschwitzt liege ich zehn Minuten später neben ihm und bin noch ganz außer Atem. Genau in diesem Moment fällt mir seine Bettschlampe ein. Ich sollte ihn hinauswerfen und nicht mit ihm schlafen. Sofort bin ich wütend auf mich und vor allem auf ihn.

„Und? Ist es genauso wie mit ihr? Oder schreit

sie dabei?"

Ich muss schlucken, sonst heule ich noch.

Thomas antwortet nicht. Er dreht mir den Rücken zu. Das macht er jetzt oft. Vermutlich will er mich nicht sehen. Das ertrage ich nicht. Ich lege meinen Arm um seine Schulter und presse mich fest an ihn.

„Liebst du sie?", frage ich leise in seinen Rücken hinein. Warum frage ich solchen Unsinn? Ich will die Antwort nicht hören, sie wird mir nicht gefallen.

Thomas nickt. „Ja, ich liebe sie."

„Aber du liebst schon mich! Du lebst schon mit mir zusammen! Ich habe die älteren Rechte! An mich bist du gebunden. Hörst du?" Ich boxe derb mit meiner Faust auf seinen Rücken. „Was willst du von ihr? Sex?"

„Das auch. Sie versteht mich."

„Ich verstehe dich nicht? Wir haben uns immer gut verstanden. Haben wir uns nicht immer gut verstanden?" Das ist keine wirkliche Frage, auf die ich eine Antwort will. Ich will nur eine Bestätigung. Doch meine Stimme klingt so dünn und fast weinerlich, dass er denken muss, ich fange an zu betteln. Das ist unwürdig. Trotzdem rede ich weiter. „Ich hatte immer Angst, dich zu verlieren, nicht an eine andere Frau – eher durch einen Autounfall oder eine Krankheit. Aber du bist nicht gestorben, du bist hier. Und doch bist du weiter weg, als wärst du tot."

„Was redest du da?"

Thomas setzt sich auf und schiebt mich dabei grob zur Seite.

„Ich verachte dich, weil du alles zerstört hast", schreie ich. „Du bist nicht mehr derselbe Mann, in den ich mich verliebt habe."

Thomas schweigt und schaut auf die Wand, als könnte er dort ablesen, was er jetzt unbedingt sagen müsste.

„Liebst du sie?", frage ich noch einmal, als hätte ich seine Antwort vorhin nicht gehört. Ich weiß, was ich unbedingt hören will und er weiß es auch, doch er sagt: „Bin ich bei dir, liebe ich dich. Bin ich bei ihr, liebe ich sie."

„So funktioniert das nicht!", schreie ich ihn an.

Dabei weiß ich, dass er mich wirklich liebt. Und doch hat er mich betrogen. Das bedeutet, dass er grausam ist. Bisher glaubte ich, ihn wie keinen anderen Menschen auf der Welt zu kennen und wusste bisher nicht, dass er so grausam sein kann.

In mir breitet sich eine seltsame Leere aus, kein Zorn, nur Leere, in die unsere gesamte Ehe versinkt. Ich kann jetzt keinen klaren Gedanken fassen, doch mein Bedürfnis nach Ordnung ist wieder erwacht. Ich brauche Klarheit, eindeutige Verhältnisse, sonst komme ich nicht zurecht.

„Du musst dich entscheiden!", sage ich.

„Ich weiß."

„Wenn du das nicht kannst, werde ich das tun. Und du weißt, dass ich konsequent bin."

Thomas nickt.

„Du wirst mich verlieren", sage ich leise. „Und ich bin nicht ersetzbar."

Wie soll ich mit einem Mann leben, der sich nicht einmal entscheiden kann? Ich will ohne ihn leben. Ich weiß nur nicht, ob es mir gelingt, ohne ihn zu leben.

Ich fühle mich vernichtet, komplett zerstört und weiß nicht, wie ich damit umgehen soll. Dabei bin ich ein eher nüchterner Mensch, der nicht lange überlegt, weil alles klar ist. Bis jetzt musste ich nicht nachdenken, denn mein Leben war geordnet, geregelt. So sollte es bleiben – für immer.

Bisher wusste ich immer, dass man die Dinge, die man nicht ändern kann, so nehmen muss, wie sie nun mal sind. Doch wie soll ich hinnehmen können, dass mein Mann eine Andere liebt?

Ich kann ihm nicht mehr vertrauen und werde mich ständig fragen, ob er gerade bei ihr ist. So kann ich nicht leben. Was soll ich nur tun?

Gerade jetzt brauche ich dringend eine Freundin. Doch Birgit ist wie vom Erdboden verschluckt.

April 2018

Thomas

Birgit hat schon wieder keine Zeit. Ich weiß nicht, was mit ihr los ist. Seit zwei Wochen versuche ich, mich mit ihr zu verabreden. Seit zwei Wochen sagt sie, dass sie mich nicht sehen will. Warum will sie mich nicht sehen? Liebt sie mich nicht mehr? Hat sie mich überhaupt jemals geliebt?
Sie sagte, sie liebe mich auf ihre Art. Ich mag ihre Art, mich zu lieben, ihre zärtlichen Umarmungen, ihre leidenschaftlichen Küsse. Ich will nicht, dass das vorbei ist. Ich will nicht leben ohne sie und ihre Art, mich zu lieben. Ich brauche sie.

Jetzt stehe ich an ihrer Tür. Sie öffnet. Im ersten Moment habe ich den Eindruck, dass sie sich freut, mich zu sehen. Ihre Augen leuchten kurz auf. Doch jetzt schaut sie ernst und fragt: „Was willst du?"

„Dich sehen natürlich! Dich küssen!"

Doch sie weicht zurück, als hätte ich eine ansteckende Krankheit.

„Muss ich hier draußen bleiben?"

„Besser wär´s!" Doch sie tritt zur Seite und zeigt mit dem Arm in ihr Haus.

„Was ist? Hast du einen Anderen?", frage ich ängstlich. Mir wird schlecht bei dem Gedanken, mir Birgit in den Armen eines anderen Mannes vorzustellen.

„Nein." Sie schüttelt leicht ihren Kopf. „Ich kann das nicht."

Was kann sie nicht? Einen anderen Mann lieben? Oder mich?

„Deine Frau heißt Katrin, nicht wahr?"

Ich nicke. Was hat ihr Name damit zu tun?

„Ich kenne sie."

„Na und?", rufe ich erschrocken aus. Dann ergänze ich leise: „Ich kenne sie auch." Das sollte witzig sein, doch Birgit lacht nicht.

„Ich mag sie. Verstehst du das nicht?"

Nein, ich verstehe gar nichts. Dass wir beide Katrin mögen, hat doch nichts mit unserer Liebe, mit unserer Leidenschaft zu tun.

„Ich mag sie ebenfalls. Ich liebe sie seit fast zwanzig Jahren. Doch dich liebe ich auch. Dich liebe ich anders, intensiver."

Birgit schaut mich an, ihr Blick ist anders als sonst. Nicht mehr so offen fröhlich, eher zurückhaltend, fast traurig. Sie begehrt mich nicht mehr, das sehe ich in ihrem Gesicht. Doch ich begehre sie und zwar so heftig, dass mir der ganze Körper vor Verlangen schmerzt.

„Geh nach Hause!", sagt sie leise. „Bei mir findest du kein Glück."

„Doch! *Du* bist mein Glück. Ich liebe dich."

Ich packe ihre Schultern und ziehe sie zu mir heran. Doch Birgit stößt mich grob weg.

„Fass mich nicht an!", schreit sie. „Du bist verheiratet."

„Das wusstest du von Anfang an. Was ist denn jetzt anders?"

„Alles ist anders! Ich kann dich nicht ansehen, ohne Katrins Gesicht zwischen uns. Geh!" Sie öffnet die Tür und sagt noch einmal: „Geh!"

Wie benommen gehe ich. Es ist eher ein Torkeln. Ich erkenne die Haustreppe kaum und mir ist, als sei ich in ein tiefes Loch gefallen. Am liebsten würde ich mich verkriechen, doch das geht nicht. Ich muss meinen Laden öffnen.

Vor der Buchhandlung steht Katrin. Unwillkürlich muss ich lächeln, denn sie besucht mich nur selten. Sie mag keine Bücher, schon gar nicht in unserer Wohnstube und versteht nicht, dass ich nach einem ganzen Tag in der Buchhandlung zwischen all den vielen Büchern auch am Abend gern inmitten meiner Bücher sitzen würde.

Sie steht vor dem Schaufenster und betrachtet gedankenverloren die Auslagen. Und ich betrachte sie. Katrin ist nach wie vor eine auffallend schöne Frau: groß, schlank, blond mit graublauen Augen.

„Hallo", sage ich leise.

Sie antwortet nicht, zeigt nur mit der Hand nach links, wo Birgits Titel stehen, alle zwölf. Ihre aktuelle Ausgabe „Der seltsame Osterbrauch" ist hübsch arrangiert zwischen Birkenzweigen mit bunten Ostereiern und einem Plakat mit ihrem Foto.

Birgit, meine geliebte Birgit schaut auch auf dem Bild wunderbar hinreißend aus. Doch jetzt steht Katrin neben mir und ich freue mich, weil sie sich endlich für Bücher interessiert. Seit wir uns kennen frage ich mich, wie sie ohne Bücher leben kann.

Ich schließe die Tür auf und lasse sie eintreten. Kaum hat sich die Ladentür hinter uns geschlossen, will sie wissen: „Ist sie das? Ich meine, ist Birgit deine Freundin?"

Ich nicke. Wenn Birgit Katrin kennt, kennt meine Frau auch meine Geliebte. Auf diesen logischen Schluss hätte ich gleich kommen müssen. Woher kennen sie sich? Ist Birgit bei Katrin gewesen und hat ihr unsere Affäre gebeichtet? Wollte sie sie erpressen? Doch das wäre komplett unlogisch, denn zu mir sagte sie, dass alles so bleiben soll.

Aber nein! Mir fällt ein, dass ich es war, der ihr von Birgit erzählte.

Plötzlich habe ich das Gefühl, gleich in Tränen auszubrechen. Doch Katrins Blick hindert mich daran. Ihr Blick ist kalt, voller Verachtung. Sie mag ohnehin keine Gefühlsduselei und Tränen sind für sie das Allerletzte.

Auf einmal schreit sie: „Aber sie ist alt! Sie ist mindestens zehn Jahre älter als ich."

„Acht."

„Acht?"

„Sie ist acht Jahre älter als du, 48."

„Du vögelst lieber so eine Alte als mich?"

Jetzt wird sie ordinär, das ist nicht ihre Art. Doch ich verstehe nicht, weshalb sie so auf dem Alter herumreitet. Herumreitet. Darüber muss ich lächeln.

„Dir macht das noch Spaß, ja?", zischt sie.

„Nein, nein", versichere ich schnell.

„Immerhin hast du deinen Spaß, während ich allein im Bett liege und mich frage, weshalb du keine Lust mehr hast."

„Ich weiß nicht, ich kann es nicht erklären." Ich merke selbst, wie dumm das klingt, doch mir fällt nichts anderes ein. Was soll ich schon sagen? Katrin wird mich so und so nicht verstehen. Ich verstehe mich ja selbst nicht.

„Ich liebe dich wie am ersten Tag", sage ich und merke selbst, dass das nicht sehr überzeugend klingt. Deshalb erkläre ich: „Und ich weiß, dass das immer so bleiben wird, denn Liebe vergeht nie. Sie bleibt, auch wenn alles andere wie der Sex vergeht, Liebe bleibt immer."

Wo habe ich das nur gelesen? Auf jeden Fall passt es und es stimmt sogar. Ich glaube fest daran, dass wahre Liebe nie vergeht.

Sie winkt ab. „Das glaube ich nicht, denn das Vertrauen ist weg. Ohne Vertrauen gibt es auch keine Liebe."

Ich nicke. Doch mir fällt keine Antwort ein.

„Was bin ich für dich?", fragt sie ernst.

„Meine Frau natürlich", stottere ich.

„Deine Frau, eine Art Pflichtprogramm, oder? Und Birgit ist die Kür, was freiwillig passiert und schön ist."

Erschrocken schaue ich sie an. So sieht sie das? So ist es nicht. Wie kann ich ihr begreiflich machen, dass sie mir wichtig ist. „Ich brauche dich."

„Vergiss es! Mich kannst du auch gleich vergessen. Ich habe genug von dir!"

Sie dreht sich um und rauscht aus dem Laden.

Was soll ich nur machen? Ich will Katrin nicht verlieren, doch ich will auch mit Birgit zusammen sein. Sie ist eine unglaublich sinnliche Frau und so direkt. Sie überlegt sich nicht wie Katrin jedes Wort und jede Handlung. Das macht sie unberechenbar und zugleich geheimnisvoll. Dabei ist sie so sensibel und ängstlich, dass ich immer Angst habe, sie zu verletzen. Diese Angst habe ich bei Katrin nicht. Mit Birgit kann ich wunderbar über alles reden oder schweigen. Schweigen hat Katrin nie als angenehm empfunden, sondern immer als Pause, die sie möglichst schnell überbrücken muss.

Mir scheint, die beiden sind direkt gegen-sätzlich. Birgit lacht viel, Katrin ist eher ernst und hinterfragt alles sehr kritisch.

Katrin erwartet ein gewisses Grundbenehmen von den Leuten, während Birgit alle so nimmt wie sie sind.

Katrin will mich nicht, weil mir Birgit gefällt. Und Birgit will mich nicht, weil sie Katrin mag. Ich habe das Gefühl, dass es dabei gar nicht um mich geht, sondern allein darum, dass ausgerechnet Birgit meine Freundin ist. Ich kapiere das nicht.

Frauen sind fremde, andere Wesen, die ich wohl nie ganz verstehen werde.

Im Grunde könnte alles so einfach sein, wenn nicht die Frauen alles so schrecklich kompliziert machen würden. Katrin ist meine Frau, mein

Ein und Alles für den Alltag und soll es auch bleiben. Ich bin gewöhnt an sie und mag daran nichts ändern. Birgit nimmt ihr nichts weg. Ich treffe mich mit ihr einige Male in der Woche, wenn ich ohnehin nicht daheim wäre. Wo also liegt das Problem für die Frauen? Allein ich habe ein Problem, denn ich habe jetzt zwei Verpflichtungen, muss mich um beide kümmern und will es auch. Doch sie lassen mich nicht, sie wollen mich nicht, alle beide.

Ich schwitze. Ich mag die Hitze nicht. Im Anzug ist mir zu warm und nur im Hemd fühle ich mich nicht wohl.

Katrin

Jetzt weiß ich, was ich zu tun habe. Ich werde Birgit zur Rede stellen, sie mir so richtig vorknöpfen, ihr sagen, dass sie stört und aus meinem, aus unserem Leben zu verschwinden hat. Und zwar sofort und endgültig.
Es ist ganz leicht, ihre Adresse herauszufinden. Ziemlich schockiert stelle ich fest, dass sie keine zehn Fußminuten von uns entfernt wohnt. Unterwegs kann ich nicht anders als mir vorzustellen, wie Thomas mal eben rüber zu seiner Bett-Tante läuft. Oder wie er aus ihren

Armen schnell zum Abendessen an unseren Tisch flitzt. Das kann er gleich in Hausschuhen erledigen. Wie praktisch.

Das hat dieser Mistkerl gut eingefädelt. Mich ärgert das dermaßen, dass mir vom heftigen Auftreten die Fußsohlen schmerzen.

Ich weiß, dass es sich nicht gehört, unange-meldet Leute zu besuchen. Doch ich will nicht höflich sein, zu dieser falschen Schlange schon gar nicht. Es heißt immer, dass Freunde jederzeit willkommen sind und sogar mitten in der Nacht anrufen oder direkt vor der Tür stehen dürfen. Doch auch bei Freunden gehört sich solch ein Überfall nicht. Und Birgit ist alles andere als meine Freundin.

Ich klingle und höre Gepolter hinter der Tür.

„Machst du mal auf?" Das ist Birgits Stimme.

Ein Junge öffnet.

„Du bist Fabian, nicht wahr?" Er nickt. „Ich bin Katrin Wagner und muss dringend mit deiner Mutter sprechen."

Birgit steht schon hinter ihrem Jungen. Sie ist barfuß und trägt eine Art Umhang, der bis auf den Boden reicht und kunterbunt bestickt ist. Ihre Haare stehen wirr nach allen Seiten. Irgendwie wirkt sie auf mich wie nicht von dieser Welt. Das macht es leichter.

„Lass mich herein!", befehle ich kurz und

wundere mich über meine zaghafte Stimme. Eigentlich hatte ich mir vorgestellt, ihr sofort eine schallende Ohrfeige zu verpassen, sobald sie vor mir steht. Doch da ist immer noch der Junge.

Sie stößt ihn an die Schulter. „Geh rauf in dein Zimmer und lasst euch nicht blicken! Das gilt auch für deine Schwester. Alles klar?"

Fabian wirft mir noch einen etwas unsicheren Blick zu und verschwindet. Birgit tritt zur Seite und gibt die Tür frei.

Schnell gehe ich in den sehr schmalen Flur, in dem unzählige Schuhe kreuz und quer herumliegen. Am liebsten würde ich sie sofort einsammeln und an der Seite geordnet aufstellen. Haben die kein Schuhregal wie normale Leute? Typisch. Das passt zu dieser Schlampe.

„Wolltest du sehen, wie ich leide?", schnauze ich ohne Einleitung.

„Wie bitte?"

„Du hast mein Leben ruiniert!"

Birgit schüttelt leicht ihren Kopf und zeigt mit der Hand auf einen Sessel, von dem sie erst eine Hose zur Seite räumen muss.

Ich bleibe lieber stehen. Wie stellt sie sich das vor? Sollen wir gemütlich zusammen Kaffee trinken? Oder vielleicht einen Sekt?

„Eine Affäre zerstört nicht immer eine Ehe. Sie kann sie auch retten."

„Deine dummen Sprüche kannst du dir sparen!", weise ich sie zurecht. „Weißt du, was mich am meisten verletzt hat?" Ich warte ihre Antwort nicht ab und rede weiter. „Dass ich dich für meine Freundin hielt. Dabei bist du", jetzt muss ich erst einmal schlucken und tief durchatmen, „*seine* Freundin."

Birgit hebt bedauernd die Arme und lässt sie wieder sinken. Dann rutscht sie in den Sessel und fängt an zu weinen. Auch das noch! Ich hasse Tränen. Falsche Tränen einer noch falscheren Person. Und so etwas hielt ich für meine Freundin. Doch ich setze mich in den zweiten Sessel und fühle mich so erschöpft, als wäre ich zu lange geschwommen.

„Glaube mir, ich wusste nicht, dass du seine Frau bist", versichert sie.

„Ich glaube dir kein Wort!"

„Ich lüge nicht. Aus Prinzip."

„Was ändert das?", fauche ich. „Du hast mit meinem Mann geschlafen. Du bist eine billige Schlampe."

Birgit nickt. Sie wehrt sich nicht. Aber sie soll sich wehren, damit ich sie beschimpfen kann. Sie soll versuchen, sich zu rechtfertigen, damit ich ihr klarmachen kann, dass es für ihre Schweinerei keine Rechtfertigung gibt.

„Erst, als wir im Cortina über Männer sprachen und du die Buchhandlung erwähntest, habe ich begriffen, dass du seine Frau bist."

„Und? War das eine Genugtuung für dich?"

Sie schüttelt ihren Kopf. „Nein, ganz im Gegenteil. Ich kann ihn seitdem nicht mehr treffen, ihm nicht mehr in die Augen sehen."

Ihre Stimme klingt ehrlich. Ich höre in der Stimme einer Frau ohnehin besser, ob sie die Wahrheit sagt oder lügt, als in der eines Mannes. Trotzdem gifte ich: „Soll ich dich jetzt bedauern?" Das fehlte noch.

Birgit hebt traurig ihre Schultern, antwortet aber nicht.

„Ich hatte nie eine richtige Freundin. Bei dir glaubte ich mich sicher, dir alles anvertrauen zu können. Doch nicht meinen Mann! Du hast ihn mir gestohlen, alles kaputt gemacht."

Ohne Birgit wäre ich heute noch glücklich und zufrieden. Sie hat sich in unser Leben, in unsere Ehe gedrängt, sie ist eine ganz miese Person.

Birgit weint immer noch. Das bringt mich in Wut. Sie hat überhaupt keinen Grund zu weinen. Wenn einer weinen sollte, dann allein ich. Doch den Gefallen tue ich ihr nicht.

„Er wird dich nicht verlassen, ich will ihn nicht mehr", haucht sie.

Wie großzügig von ihr! „Ach, und ich soll mich jetzt bei dir bedanken, ja?"

Birgit lächelt, wobei ihr noch immer die Tränen übers Gesicht laufen.

„Vielen Dank, dass ich meinen Mann behalten darf", zische ich und hoffe, dass sie meinen Sarkasmus bemerkt und er sie bis ins Mark trifft. „Madame seien heute sehr großzügig."

Birgit steht auf und geht zum Fenster.

„Du bist so doof!", höre ich sie mit veränderter Stimme schreien. „Will ihn nicht! Blöde Kuh! Will ihn nicht!"

Jetzt geht sie entschieden zu weit! Wahrscheinlich ist sie irre geworden, denn sie dreht sich zu mir um und lacht. Ich bin so wütend, dass ich nicht weiß, was ich sagen soll. Einfach aufstehen und gehen wäre kindisch. Erst weint sie ihre Krokodilstränen und jetzt beschimpft sie mich derart billig, dass es mir die Sprache verschlägt.

Birgit lacht und weint gleichzeitig und zeigt mit dem Arm in die andere Zimmerecke, wo ein großer Käfig steht. Darin sitzt ein graubunter Papagei.

„Mein Partner", kichert Birgit.

Den hatte ich ganz vergessen. Sie hatte mir doch von ihrem Partner, dem schrägen Vogel erzählt.

Das Tier krächzt: „Du bist so doof!"

„Meint der mich?" Ganz gegen meinen Willen muss ich lachen. „Der spricht komplette Sätze? Ich wusste gar nicht, dass es so etwas gibt."

„Doch, doch, das gibt es. Er sagte während der ersten fünf Jahre gar nichts, hat nur undeutlich vor sich hin gebrabelt. Dann fing er plötzlich an, einige Worte und sogar ganze Sätze nachzusagen, uns regelrecht zu kopieren."

Erstaunt betrachte ich das seltsame Tier. Doch dazu bin ich nicht hergekommen. Nun habe ich mich ablenken lassen und den Faden verloren. Das ärgert mich.

Birgit setzt sich auf den anderen Sessel mir schräg gegenüber und sagt: „Weißt du eigentlich, dass der Name Thomas Zwilling bedeutet?"

Was soll das jetzt wieder? Die Bedeutung eines Namens ist doch völlig gleichgültig. Wer achtet schon auf so etwas? Man bekommt ihn von den Eltern verpasst und wird so gerufen. Fertig. Plötzlich begreife ich.

„Meinst du, er ist wie zwei Personen in einer?"

Birgit nickt und schaut mich recht schelmisch an.

„Deshalb darf er wohl auch zwei Frauen haben? Quasi für jeden Zwilling eine. Wie praktisch."

Birgit lacht schon wieder und zuckt mit der

Schulter. „So ungefähr."

Wie kann man solch einen Unsinn von sich geben? Sie muss wirklich komplett verrückt sein.

„Wahrscheinlich weißt du auch, was mein Name bedeutet, die Betrogene vielleicht."

„Katrin, die Sauberfrau", sagt sie sofort.

Jetzt wird sie unverschämt. Das muss ich mir nicht bieten lassen und stehe auf.

„Nein, bitte! Katrin kommt von Katharina und heißt die Reine, ehrlich."

Ich bin mir nicht sicher, ob ich ihr glauben kann.

„Und du? Wer bist du?"

Birgit kichert. „Ich bin die Erhabene." Dazu steht sie ebenfalls auf, breitet ihre Arme aus und schaut gekonnt hochmütig an die Decke.

Nun muss ich doch lachen, obwohl ich ihre Deutungen ziemlich frech finde und mir sicher bin, dass sie sich das alles nur ausdenkt. Schließlich ist sie Autorin und lebt von ihrer Fantasie.

„Wenn du ihn liebst, verzeihst du ihm", sagt Birgit, als ich schon an der Tür stehe.

„Und dir gleich mit, oder?"

Wie stellt sie sich das vor? Für mich hat er unsere Ehe beendet. Außerdem liebt er Birgit, das hat er selbst gesagt. Er sagte zwar auch, dass er mich ebenfalls liebt, doch das wird

keine Liebe, sondern reine Gewohnheit sein –
nicht mehr und nicht weniger. Dieser Unsinn ist
mir keine Antwort wert. Ich schaue sie böse an.

„Wenn du ihm nicht verzeihst, liebst du dich
mehr als ihn, hast also eine recht engherzige
Seele."

„Diesbezüglich bist du anders, nicht wahr? Du
schließt in deiner Großherzigkeit gleich
verheiratete Männer samt ihren Ehefrauen mit
ein." Ich merke, dass ich schon wieder wütend
bin, doch das ist mir im Moment gleichgültig.
„Wie dem auch sei. Ich will Thomas nicht mehr!
Hörst du? So einen wie ihn brauche ich nicht",
verkünde ich.

Was rede ich da? Natürlich brauche ich meinen
Mann. Und selbstverständlich will ich ihn nach
wie vor. Wie soll ein Leben ohne ihn
funktionieren? Nur den Sex kann er sich ab
sofort abschminken. Mich rührt er nicht mehr
an! Nie wieder!

Nun weiß ich nicht, was ich noch sagen könnte.
Also gehe ich einfach aus dem Haus. Grußlos.

Anna

„Lasst ihr euch scheiden?"
Papa schüttelt heftig den Kopf, Mutter sagt:
„Sehr bald."

Ich sehe, wie Papa zusammenzuckt und Mutter entsetzt anschaut. Das heißt, sie haben noch gar nicht darüber gesprochen. Ich fasse es nicht! Jeder zieht für sich allein sein betröffeltes Gesicht, was ich ziemlich albern finde. Mir wäre es direkt lieber, sie würden sich anschreien, streiten, eine Lösung finden und dann endlich wieder wie normale Menschen reden.

„Warum denn gleich eine Trennung nach so vielen Jahren? Ist es so schlimm, wenn mal einer fremdgeht?"

„Du bist jung und nimmst alles leicht. Das ist das Vorrecht der Jugend", meint Mutter.

„Und das Vorrecht des Alters ist, alles besser zu wissen", gebe ich patzig zurück. „Ich lebe hier!", schreie ich sie an. „Also muss ich wissen, was ihr plant, wie es weitergeht."

Darauf erhalte ich keine Antwort. Beide tun so, als hätte ich überhaupt nichts gesagt. Dabei müsste ich selbst so viel sagen.

„Offenbar kapiert ihr gar nichts! Ihr merkt ja nicht einmal, dass es mich noch gibt, so sehr seid ihr mit euch beschäftigt."

Merken sie nicht, was mit mir los ist? Glauben sie etwa, ich sei wegen ihrer albernen Geschichten so kreuzunglücklich?

„Ich habe schließlich auch Probleme!", schmeiße ich ihnen an den Kopf, greife meine Jacke und gehe aus dem Haus. Ich brauche

123

frische Luft, sonst ersticke ich zwischen all den ungesagten Worten meiner Eltern.

Seit Tagen versuche ich, mit ihnen zu reden, doch sie sehen nur sich und ihr Problem. Dabei haben sie im Gegensatz zu mir kein wirkliches Problem. Was ist schon dabei, wenn einer fremdgeht? Papa hat sich verliebt und Mutter merkt nicht, wie unglücklich er jetzt ohne seine Freundin ist. Oder ihr ist es gleichgültig. Wenn sie ihn lieben würde, würde sie wollen, dass es ihm gut geht statt ihm eine Szene zu machen. Sie hat einfach kein Herz. Man kann die Liebe schließlich nicht erzwingen. Außerdem ist Liebe in ihrem Alter irgendwie albern, immerhin sind beide längst über vierzig Jahre alt.
Ich mache jedenfalls nicht so ein Geschiss um ein Liebesaus. Die Liebe ist aus. Punkt. Es wird eine neue Liebe geben. Für mich sowieso. Ich bin erst Siebzehn und mein Leben hat noch gar nicht richtig angefangen. Da brauche ich keinen Kerl und den blöden Sven schon gar nicht. Soll der mit Monique rummachen oder es bleiben lassen. Mir ist das völlig egal.

Und das alles so kurz vor den schriftlichen Abi-Prüfungen, jede Woche eine, in dieser ausgerechnet Chemie. Ich habe überhaupt keine Nerven dafür. Prüfungsangst ist es nicht, doch ich kann mich nicht konzentrieren, nicht aufs Lernen, nicht auf die Termine. Am liebsten würde ich gar nicht zur Prüfung gehen. Es bringt mir ja doch nichts in meiner Scheiß-Situation. Es ist wirklich zum Verzweifeln!

Im Grunde geht mir das Abi glatt am Arsch vorbei. Ich habe ein ganz anderes Problem und zwar ein riesengroßes, über das ich unbedingt mit den Eltern reden muss. Ich weiß nur nicht, wie ich es anfangen soll. Länger warten kann ich nicht, denn es eilt und ich bin zu allem Übel völlig auf die Hilfe der Eltern angewiesen.

Und ausgerechnet jetzt machen sie solchen Stress wegen dieser Freundin. Sie schleichen umeinander herum wie eine Katze um den heißen Brei, tun so, als sehen sie den Anderen nicht und beäugen sich aus den Augenwinkeln. Es ist abartig, was hier abgeht. Und absolut lächerlich!

*****

„Papa, warum hast du dir eine Freundin gesucht?", frage ich ohne Umschweife.

Hier in die Buchhandlung kann zwar jederzeit ein Kunde kommen, doch irgendwie sind wir trotzdem ungestörter als daheim. Und vielleicht habe ich sogar DIE Gelegenheit, ihm mein Geheimnis anzuvertrauen. Das ist sicher einfacher als ein Gespräch mit Mutter.

„Ich habe sie nicht gesucht", redet er sich heraus. „Sie kam in meinen Laden und hat mich sofort verzaubert."

„Verzaubert?" Das klingt total kitschig, richtig albern. „Und was ist an ihr so viel besser als an Mutter?"

„Besser ist gar nichts, nur anders. Birgit ist komplett anders als Katrin, fast wie das Gegenteil."

Na und? Ich zucke mit der Schulter. Der eine ist eben so und der nächste anders. Deshalb verliert man doch nicht gleich sein Hirn. Trotzdem frage ich: „Wie denn anders?"

„Schon äußerlich. Katrin hat glatte, blonde Haare und Birgit wilde, schwarze Locken. Mama ist schlank, Birgit eher kräftig."

„Und du wolltest eine Dicke, die andere Haare hat als deine Frau?"

„Natürlich nicht. Ich wollte überhaupt keine andere Frau."

„Aber du hast dir eine andere genommen. Warum? Erklär´s mir!"

Papa zuckt mit der Schulter. Dann guckt er verträumt in die Luft – wie ein Trottel. Wenn ich ihn nicht so schrecklich gern hätte, hätte er´s jetzt bei mir verschissen. Und zwar komplett.

„Deine Mutter kann gut rechnen und organisieren, Birgit hat nicht einmal ihren

Haushalt im Griff."

Er dreht sich um, geht an ein Regal und lässt mich einfach so stehen. Mag ja sein, dass ihm meine Fragen peinlich sind, doch dafür kann ich nichts. Schließlich ist er ausgelatscht und ich muss mit der doofen Situation leben. Ausgerechnet jetzt, wo es mir so mies geht.

Papa kommt zurück und drückt mir ein Buch in die Hand. Ich schaue auf das Titelbild, worauf eine ältere und zwei jüngere Frauen abgebildet sind und ein kleines Mädchen. „Mütter und Töchter", lese ich. Was soll ich damit? Verhaltensregeln, wie man als Tochter die Mutter versteht, freundlicher ist? Wozu?

Ich drehe das Buch um und tue so, als lese ich den Klappentext. Dabei fällt mir ein Foto auf, das Bild der Autorin, die dunkle Locken hat und offen in die Kamera lacht. Sie heißt Birgit Thiele. Birgit, der Name kommt mir bekannt vor. Birgit! Jetzt fällt es mir ein: So heißt seine Freundin.

„Ist sie etwa …?"

Papa nickt. Die Schwarte muss ich unbedingt lesen. Leider kann ich nichts mehr sagen, denn ausgerechnet jetzt betreten drei Kunden gleichzeitig den Laden. Ich stecke das Buch in meine Tasche und verschwinde.

Ich kann nicht aufhören zu lesen. Die Geschichte über vier Generationen Mütter und Töchter ist derart spannend, dass sie mich voll gepackt hat. Diese Frau, die das geschrieben hat, muss ich unbedingt kennenlernen, obwohl oder eher *weil* sie Papas Freundin ist. Freundin klingt immerhin besser als Geliebte. Im Bett kann ich mir so alte Leute sowieso nicht vorstellen, das ist irgendwie eklig.

Doch ich kann mir das Gesicht dieser Birgit gut vorstellen, wenn ich plötzlich vor ihrer Tür stehe. Ob sie mich reinlassen würde? Wenn ich es nicht einfach versuche, werde ich es nie herausfinden. Papas Beschreibungen sagen mir gar nichts und passen überhaupt nicht zu dem, was ich mir nach der Buch-Lektüre als Autorin vorstelle.

Drei Frauen und ein kleines Mädchen. Welche der drei Frauen wird wohl Birgit selbst sein? Ich muss einfach wissen, was aus dem kleinen Mädchen geworden ist. Also frage ich sie. Außerdem habe ich sie bereits gesehen, als sie mit Papa in diesem Café saß und Händchen hielt.

Birgit

Da steht ein hübsches, blondes Mädchen vor der Tür und sagt: „Ich bin Anna."

Ich weiß sofort, wer sie ist. Ich weiß nur nicht, was sie von mir will. Will sie mir eine Szene machen wie Katrin? Soll ich mich vor diesem Kind rechtfertigen, weil ich mit seinem Vater schlafe? Das fehlte noch! Den Teufel werde ich tun.

„Komm rein!" Ich räume einige Sachen zur Seite. „Setz dich!"

Anna wählt den großen Sessel am Fenster. So hat sie den ganzen Raum und auch die Tür im Blick.

„Willst du was trinken? Einen Saft oder so?"

Das Mädchen lächelt. „Gern."

Auch das noch. Nun wird sie ewig in meiner Stube hocken und mich belästigen. Ich gehe vor an die Küchenzeile. Zum Glück muss ich dazu nicht den Raum verlassen. Sicher hätte sie sofort die Gelegenheit genutzt, herumzuschnüffeln. Sie sieht neugierig aus und hat sicher ihren Spaß daran, mich in die Enge zu treiben.

Ich stelle das Glas Apfelsaft vor sie hin und sage überflüssigerweise: „Bio, vom Nachbarn, der hat einen Garten auf dem Land."

Anna lacht mich an, was ich recht frech finde. Doch ich sage nichts. Ich werde abwarten, was sie von mir will. Hinauswerfen kann ich sie immer noch. Von so einer Göre lasse ich mich jedenfalls nicht provozieren.

„Ich habe Ihr Buch gelesen", verkündet sie.

Das überrascht mich jetzt. „Welches?"

„Mütter und Töchter."

Ich nicke.

„Ich fand das alles irrsinnig spannend, vor allem das über den Flüchtlingstreck aus Pommern bis nach Sachsen. Haben Sie das alles selbst erlebt?"

Ich schüttle den Kopf und weiß nicht, ob ich wütend werden soll. Normalerweise hätte ich jetzt einfach gelacht, doch die Situation, die Tochter meines Geliebten hier auf meinem Sessel, finde ich nicht lustig.

„Das war 1947", platze ich heraus. „Da gab es mich noch lange nicht. Oder sehe ich so alt aus?"

Anna wird sofort knallrot. Ich sehe ihr die Verlegenheit an.

„Ist mir klar", rudert sie eilig zurück. „Das fühlte sich nur alles so echt an, die Geschichte meine ich, also ich dachte, ich sei mittendrin. Mich hat das echt gepackt."

Ich freue mich aufrichtig über dieses ehrliche Lob des Mädchens.

Anna plappert weiter. „Ich hab so mitgefiebert, als zu allem Unglück die kleine Tochter plötzlich verschwunden war."

Offenbar braucht sie Spannung. Doch darum geht es nicht vorrangig in meinem Roman. Es geht um vier Generationen Frauen. Es ist nicht wirklich eine Biografie, doch viele Szenen im Buch habe ich selbst erlebt oder kenne sie von Erzählungen meiner Oma und meiner Mutter. Das werde ich allerdings niemandem verraten, denn das geht den Leser nichts an. Ich will unterhalten, was mir bei Anna offenbar gelungen ist.

„Die vier Frauen sind total verschieden, aber ich mag sie alle vier. Wirklich."

Das Mädchen plappert begeistert und ich merke, dass sie alles ganz genauso verstanden hat wie ich es mir vorgestellt habe. Das ist nicht immer der Fall, denn oft liest der Leser etwas ganz anderes heraus als ich hineingeschrieben habe. Es kommt immer auf seine eigenen Erfahrungen an und die Schlussfolgerungen, die er daraus gezogen hat.

„Ihre Kinder?" Anna zeigt auf die Fotos an der Wand.

Ich nicke. „Zwillinge, Laura und Fabian, zwölf.

Sie sind jetzt zwölf Jahre alt."

„Und das Baby dort?"

Diese Frage will ich nun wirklich nicht beantworten. Doch dann tue ich es doch und sage leichthin: „Anna."

„Ja?"

„Sie hieß Anna und wäre jetzt siebzehn."

„Wäre? Sie heißt Anna wie ich?"

Am liebsten würde ich sie jetzt hinauswerfen. Jetzt wäre der richtige Zeitpunkt dafür. Ich kann schließlich diesem fremden Mädchen nicht die schlimmste Zeit meines ganzen Lebens erklären. Doch dann nicke ich und sage leichthin: „Anna hießen wohl damals alle kleinen Mädchen, als gäbe es keine anderen Vornamen. Anna, die Anmutige."

Anna sagt nichts. Sie beugt sich nach vorn, stützt sich mit den Ellenbogen auf ihre Schenkel und schaut mich gespannt an. Sie wartet noch immer auf eine Erklärung.

„Meine kleine Anna starb mit vier Monaten den plötzlichen Kindstod."

Anna hält sich die Hand vor den Mund und sieht ehrlich betroffen aus. Ich sehe, wie sich ihre Augen mit Tränen füllen. Das will ich nicht. Ich selbst habe viel um mein totes Kind geweint und mir jahrelang die Schuld an seinem Tod gegeben. Dabei war es gar nicht meine Schuld. Es war niemandes Schuld. Es war Schicksal.

Anna steht auf und geht direkt zu dem Foto. Es sieht aus, als ob sie es von der Wand nehmen will und sich erst in letzter Sekunde beherrscht.

„Was haben Sie dann gemacht?"

„Was soll ich schon gemacht haben? Getrauert habe ich. Ich konnte an nichts anderes denken als an mein totes Baby. Auch nicht an andere Menschen, nicht einmal an meinen Freund."

Anna steht noch immer vor dem Foto und betrachtet meine kleine Tochter. Ich habe eine Aufnahme gewählt, auf der sie offen in die Kamera lacht.

„Irgendwann hat er es nicht mehr ausgehalten."

„Wie denn ausgehalten?"

„Mit einer Frau zu leben, die nichts mehr wahrnimmt außer ihrer Trauer. Er ist gegangen."

„Er hat Sie sitzengelassen?"

Ich zucke mit der Schulter. „Er hatte gar keine andere Wahl. Immerhin hat mich das irgendwie wach gemacht, denn eines Tages habe ich gemerkt, dass ich allein war und zwar allein durch meine eigene Schuld."

Anna kauert vor meinem Sessel und schaut mich an.

„Sie hatten also ein kleines Mädchen, das genauso hieß wie ich und das heute wie ich siebzehn Jahre alt wäre."

Ich kann nicht anders, ich muss dieses Kind umarmen. Jetzt.

„Mir tut das alles so leid", nuschelt Anna in mein Kleid.

„Das muss es nicht, meine Liebe, es ist schon so lange her."

Das sagt sich so dahin, doch die Trauer um meine Tochter hört wohl niemals auf, auch nach siebzehn Jahren nicht. Manchmal, wenn ich vor dem Spiegel stehe und meine Haare kämme, frage ich mich, ob sie ebenfalls solche Locken hätte. Und schon zerreißt mich die Trauer und ich werde nicht fertig damit. Manchmal denke ich gar nicht an sie und fange plötzlich an zu weinen vor lauter Kummer tief in mir drinnen.

„Als Sie die unglücklichste Frau auf der ganzen Welt waren, war meine Mutter die glücklichste, weil ich geboren wurde", sagt Anna und stößt einen tiefen Seufzer aus.

Und jetzt ist sie unglücklich, weil ich ihren Mann liebe. Dabei wollte ich mich niemals wieder verlieben. Sex ist auch ohne Liebe möglich, sogar entspannter, genussvoller – einfach besser. Ein netter Bekannter ist mir erheblich angenehmer als ein Freund, dem ich mich komplett hingebe und der mich am Ende doch enttäuscht, verletzt und verlässt. Und doch ist es passiert. Ich habe mich in Thomas verliebt, was für immer mein Geheimnis bleiben muss.

Ich spüre echtes Mitgefühl bei Anna, was mich sehr rührt. Thomas hat eine gute Tochter. Auch Katrin wird ihren Anteil daran haben. Das ist mir klar.

„Aber dann haben Sie sich neu verliebt, ja?"
Ich schüttle den Kopf. Wie kommt sie darauf?
„Die Zwillinge. Ich dachte, Sie hätten dann ..."
„Nein." Wieder schüttle ich den Kopf. Wie soll ich dem Mädchen erklären, wie die Zwillinge entstanden?

„Mich interessiert das wirklich!", drängt Anna.
Sie wirkt keineswegs nervig oder gar frech, ich spüre ehrliches Interesse.

„Also gut." Ich seufze. Dann atme ich tief durch und erzähle: „Als meine Anna starb, war ich bereits einunddreißig Jahre alt." Ich sehe Anna an, dass sie rechnet und nicke ihr zu. „Ja, jetzt bin ich Achtundvierzig und sollte längst Enkel haben, ich weiß."

Ich seufze noch einmal, weil es mir trotz der langen Zeit, die inzwischen vergangen ist, schwer fällt, darüber zu reden. Eigentlich habe ich noch nie darüber gesprochen. Mit wem auch? Und jetzt schütte ich mein Herz und all die schlimmen Erinnerungen über ein fremdes Mädchen aus, das Anna heißt und die Tochter meines Geliebten ist. Irgendwie ist das pervers. Trotzdem rede ich weiter.

„Mir war klar, wie laut meine biologische Uhr

tickte. Ich wollte unbedingt ein Kind, doch einen Mann wollte ich nicht."

Anna lächelt.

„Schau mich nicht so an, Mädchen! Ich weiß, dass man einen Mann braucht, wenn man ein Kind will."

Wieder seufze ich. Doch dann straffe ich meine Schultern. Ich habe nun einmal angefangen mit meiner Beichte, nun bringe ich das auch zu Ende.

„Also informierte ich mich – Internet sei Dank – und fuhr einige Jahre nach Annas Tod nach Spanien. Genauer gesagt nach Barcelona."

„Ah! Ein Urlaubsflirt. Cool!"

„Nein, meine Liebe. Ich ließ mich dort künstlich befruchten. In Deutschland und auch in der Tschechei braucht man einen Partner, der die Spermien liefert, in der Klinik in Barcelona nicht."

„Ein Retortenkind?", ruft Anna entsetzt aus. Ich sehe ihr die Empörung an. In ihrem Gesicht kann ich lesen wie in einem Buch.

Ich nicke. „Kann man so sagen. Es war kurz und unproblematisch und ich konnte anschließend sofort wieder nach Hause fahren."

Nun ist es gesagt. Soll die Kleine doch denken, was sie will. Mir kann es gleichgültig sein.

Anna weint. Das verstehe ich jetzt nicht. Was rührt sie zu Tränen? Mein Leben? Dass die Zwillinge keinen Vater haben?

„Was hast du?", frage ich und lege meinen Arm um ihre Schulter.

„Ach, es ist so schlimm", schluchzt sie.

„Aber nein, alles ist gut. Es wird immer alles gut", versuche ich, sie zu trösten.

„Aber bei mir nicht! Es ist so furchtbar und ich weiß nicht, wem ich mich anvertrauen kann."

Ich verstehe plötzlich, dass es gar nicht um mich geht, sondern um sie. Wer weiß, was sie angestellt hat. So schlimm wird es schon nicht sein.

„Rede einfach mit mir! Nun bist du einmal hier und ich habe dir alles von mir erzählt. Außer dir weiß das niemand. Vielleicht soll es so sein."

Anna zieht ihre Schuhe aus, setzt die Füße auf den Sessel, umschlingt ihre Beine mit beiden Armen und legt den Kopf auf die Knie. Ich schaue sie gespannt an und warte.

„Ich bin schwanger", platzt sie heraus.

„Ach, du liebe Güte! Mädchen, du bist erst Siebzehn. Was sagen deine Eltern?" So eine dumme Frage. Sie hat es noch niemandem erzählt, denn sie sagte, dass sie nicht weiß, wem sie sich anvertrauen kann. Und ich komme gleich mit der Elternkeule.

„Entschuldige bitte." Ich kauere mich unten auf

den Teppich und umfasse ihre Füße. „Weißt du schon, ob du das Kind behalten, ob du es bekommen möchtest?"

„Auf jeden Fall!", sagt sie laut und so heftig, als ob ich versucht hätte, ihr das Kind auszureden.

„Ist es nicht lustig?", frage ich und knuffe sie ins Bein.

Erstaunt und etwas beleidigt schaut sie mich an.

„Ich meine, ich war eigentlich zu alt für meine Zwillinge und du bist eigentlich zu jung für dein Kind."

Anna lächelt zaghaft.

„Merkst du, wie viele Gemeinsamkeiten wir haben?"

„Eher Gegensätze", sagt sie und lacht plötzlich los. Es ist ein befreiendes Lachen. Sie rutscht zu mir auf den Teppich herunter und kichert. Ich nehme sie in den Arm. Dann streichle ich über ihren Kopf und hauche ihr einen Kuss auf die Wange.

„Hast du einen Freund?", frage ich vorsichtig.

„Der kann mir gestohlen bleiben", faucht sie.

Auch das noch. Ein schwangeres Schulkind ohne Kindsvater, der vermutlich ebenso wenig davon weiß wie die künftigen Großeltern. Was kann ich jetzt sagen? Ich muss etwas sagen, obwohl es nicht mein Problem ist. Immerhin habe ich das Mädchen überredet, sich mir anzuvertrauen. Nun darf ich es nicht enttäuschen und schon gar nicht einfach wegschicken.

„Das Abi kann ich knicken", sagt Anna plötzlich. Ich nicke. Doch sicher bin ich mir nicht.

„Abi. Hallo, Abi!"

„Entschuldige, das ist mein Papagei", sage ich, stehe auf und werfe schnell das Tuch über den Käfig, damit wir uns in Ruhe weiter unterhalten können.

„Du bist jetzt in der elften Klasse, nicht wahr?"

„Nein, schon in der letzten."

„Dann kommt dein Kind nicht vor dem Abi, oder?"

Anna schüttelt den Kopf. „Erst im Dezember."

„Perfekt!", rufe ich aus. „Dann steht dem Abschluss nichts im Wege, nicht einmal die Schonzeit vor der Geburt. Wahrscheinlich wird es kaum einer merken, wenn du dicht hältst."

Anna schaut mich erstaunt an. „Und die Hormone? Ich meine, die meisten Schwangeren verhalten sich doch seltsam."

„Papperlapapp! Du bist nicht wie die meisten. Du könntest dir maximal den Mitleidbonus holen bei den Lehrern, falls du Schwierigkeiten bekommst."

Nun lacht Anna.

„Das hätten wir also geklärt." Zufrieden schaue

ich das Mädchen an.

„Wann sind eigentlich deine Prüfungen?"

„Jetzt! Die schriftlichen Ende April und die mündlichen im Mai."

Das ist knapp, da kann man nichts mehr herausreißen. „Und wie stehst du? Ich meine, hast du Probleme?"

„Nein." Anna schüttelt den Kopf. „Ich kann mich nur nicht konzentrieren, weil mein Leben plötzlich so kompliziert ist."

Jetzt weint sie schon wieder. Das sind nun wirklich die Hormone, mal weint sie und schon lacht sie wieder.

Warum ihr Leben plötzlich so kompliziert ist, braucht sie mir nicht näher zu erklären. Ihr Vater geht fremd und sie schüttet ausgerechnet seiner Geliebten ihr Herz aus. Schwanger mit siebzehn Jahren, keinen festen Freund und mitten in den Abitur-Prüfungen. Das ist wahrhaftig zu viel auf einmal.

Ich muss das Mädchen ablenken. Nein, das ist keine gute Idee. Besser ist es, wenn sie ein konkretes Ziel hätte, eine Zukunft, auf die sich sich freut.

„Was willst du eigentlich studieren?"

„Wollte. Ich wollte Germanistik studieren. Das kann ich nun wirklich vergessen."

„Das ist kein Drama, denn Germanistik ist kein

wirklicher Beruf."

„Wieso", stottert Anna verwundert.

„Naja, nach dem Studium versuchen viele, bei Verlagen unterzukommen oder als Journalist Fuß zu fassen, was ziemlich schwierig ist. Oder man schwenkt auf Deutschlehrer um."

Anna rümpft die Nase. „Lehrer ist nicht so mein Ding, Journalist schon cooler."

„Das stimmt. Doch mit einem Kind wäre es schwierig, weil Journalisten meist viel reisen, falls sie überhaupt einen Job ergattern. Ein guter Auftrag, der obendrein gut bezahlt wird, ist wie ein Sechser im Lotto."

„Ach so?"

Offenbar hat sich Anna wie vermutlich die meisten jungen Leute kaum Gedanken darüber gemacht, was man nach dem Studium mit selbigem anfangen kann.

„Willst du eigentlich unbedingt studieren?"

Anna schaut mir erstaunt an. „Klar, schließlich mache ich Abitur."

Eine normale Berufsausbildung kommt für sie offenbar nicht in Frage. Dabei könnte sie erstens viel Zeit sparen und zweitens viel eher Geld verdienen. Das wäre für eine junge Mutter immerhin ein wichtiges Argument. Ich sage ihr das, doch entscheiden muss sie selbst.

„Rede mit deinen Eltern!", fordere ich sie nun doch noch auf. „Sie werden dich beraten und dir helfen."

Anna sieht nicht begeistert aus.

„Du musst die Sache ganz cool angehen, sachlich eben. Du bist schwanger, willst das Kind bekommen und brauchst gleichzeitig eine Ausbildung. Mit der Hilfe deiner Eltern wird das erheblich leichter für dich sein."

Ich nehme Anna in die Arme. „Ich bin die Birgit, du musst mich nicht siezen."

Katrin

Thomas lacht. Er hat ein seltsames Lachen, irgendwie albern kichernd. Das ist mir bisher in all den Jahren noch gar nicht aufgefallen. Er lacht sogar, während er redet, so dass man seine Worte überhaupt nicht versteht. „Dahahas gihibt es dohohoch nihicht." Hat er das wirklich schon immer so gemacht? Furchtbar! Direkt unerträglich! Ich mustere ihn und weiß nicht, was ich in diesem Mann immer gesehen habe.

„Was hast du denn?", fragt mich Thomas.

„Was ich habe? Wut habe ich! Und zwar auf dich."

„Das verstehe ich nicht. Warum denn?"

Fragt er das ernsthaft? Er schläft mit Birgit und liebt sie sogar. Und was ist mit mir? Wo bleibe ich? Natürlich macht mich das wütend. Und es versetzt mich gleichzeitig in Panik. Was ist, wenn er plötzlich mit ihr leben will, wenn er mich verlässt? Seit zwanzig Jahren bin ich seine Gesellschaft gewöhnt. Alles ist mir vertraut, wie er seine Jacke an den Haken hängt, wie er eine Schnitte mit Messer und Gabel isst, statt einfach abzubeißen, wie er das Glas erst einmal um ein Viertel dreht, ehe er daraus trinkt.

„Ich bedaure, dass mein Leben so wie es war einfach vorüber ist, und zwar ganz ohne meine Schuld."

„Wieso sollte dein Leben vorüber sein?", fragt er sichtlich erstaunt.

Ist das zu fassen? Am liebsten würde ich jetzt auf ihn einschlagen. Ich sollte diesem Mistkerl gar nicht antworten, doch es muss raus, sonst ersticke ich daran.

„Weil du treuloser Hund eine Andere liebst! Deshalb!"

„Aber ich liebe auch dich, Katrin!"

Und damit soll ich offenbar zufrieden sein. Für ihn scheint das völlig in Ordnung. Ich weiß nicht, wie er sich das vorstellt. Will er weiter zwischen Birgit und mir hin und her pendeln? So geht das nicht, jedenfalls nicht mit mir.

„Weißt du, ich habe dich immer für sensibel gehalten. Was für eine Täuschung! Du bist ein grausames und kaltes Ungeheuer", fauche ich.

Thomas schaut mich erschrocken an. Doch ich falle nicht mehr auf seinen Hundeblick herein.

„Wie kannst du so gelassen vor mir sitzen und von Liebe faseln, wo du doch ein ganz gewöhnlicher Betrüger und Fremdgänger bist?"

„So ist das nicht", flüstert er.

„Wie ist es dann?"

„Ich habe nie geliebt ohne die Furcht, verlassen zu werden."

„Na und?", schreie ich ihn an. Plötzlich muss ich lachen. Es ist ein böses Lachen. „Da hast du dir gedacht, damit sie mich nicht verlässt, verlasse ich einfach sie. Das hast du wunderbar hinbekommen. Ganz wunderbar!"

„Nein, so meine ich das nicht. Niemals wollte ich dich verlassen, nie. Und ich will es auch jetzt nicht."

Und was ist mit Birgit? Will er sie verlassen? Weiß er überhaupt, dass sie ihn gar nicht mehr will? Sie ist jedenfalls die Stärkere von uns beiden. Ob es stimmt, dass sie allein wegen mir auf ihn verzichtet? Vorstellen kann ich mir das nicht. Doch warum mache ich mir Gedanken um diese Frau? Mir wäre es recht, wenn sie leidet, auf jeden Fall mehr als ich. Doch den Gefallen wird sie mir nicht tun. Ihr genügt ein Mann fürs Bett. Ich bin die Betrogene, ich bin die, für die alles in Scherben liegt.

144

„Du warst immer so perfekt, so unerbittlich korrekt. Ich hatte immer Angst, dir nicht zu genügen."

Unerbittlich korrekt bin ich also. Unerbittlich. Das hört sich grausam an. Ich bin nicht grausam. Ist perfekt sein so schlimm, dass er sich einer anderen Frau zuwendet, die weniger perfekt und somit besser ist? Das soll verstehen wer will, ich kann es nicht.

„Diese Angst ist berechtigt. Und zwar seit heute. Denn ich will dich nicht mehr."

„Aber Katrin!"

Anna kommt zur Tür herein und trällert vergnügt: „Na, dicke Luft mal wieder?"

Ich verstehe das Mädchen nicht. In ihrem Alter muss sie doch sehen, was hier läuft. Ihr Vater geht fremd! Stört sie das gar nicht? Geht sie das nichts an? Ist ihr gleichgültig, dass ich nicht mehr ein noch aus weiß? Und dann diese ständigen Gemütsumwandlungen! Wusste ich´s doch: eben noch kichernd und schon zieht sie ein zorniges Gesicht.

„Ihr geht mir auf den Geist mit euren trüb-seligen Mienen. Ich mag sie nicht mehr sehen. Am liebsten würde ich meine Sachen packen und abhauen."

„Anna!", rufe ich entsetzt aus.

„Doch das könnte euch so passen! Ihr seid für

mich verantwortlich. Ihr müsst euch um mich kümmern! Aber ihr tut es nicht!"

Noch ehe ich reagieren kann, verschwindet sie in ihrem Zimmer. Ich höre nur noch die Tür mit einem lauten Knall zuschlagen. Soll ich ihr nachgehen? Nein, damit würde ich ihre Launen nur unterstützen. Sie soll sich gefälligst benehmen wie es sich gehört. Auch, wenn unsere Eheprobleme sie sichtlich belasten. Sie hat ihren Papa immer so bewundert, direkt auf einen Sockel gestellt, ihn im Gegensatz zu mir für sensibel und feinfühlig gehalten. Nun ist sie von ihm sicher ebenso enttäuscht wie ich. Das verkraftet sie nicht.

Ihre Musik höre ich bis in unser Wohnzimmer. Ich mag diese Musik nicht.

„Dieses Dum-Dum der modernen Musik macht mich nervös, richtig aggressiv", sage ich. "Ich fühle mich regelrecht gestoßen, gejagt."

„Das liegt an der Frequenz", erklärt Thomas. „Die ist schneller als der Herzschlag, daran liegt es. Das hält man einfach nicht aus."

Ich schaue ihn ungläubig an. Doch vielleicht hat er Recht und der Körper spürt den falschen Rhythmus, der nicht zum menschlichen Organ passt. Deshalb wird man verrückt, wenn man dieses Dum-Dum hört. Mir ist ein Rätsel, wie Anna das erträgt.

„Wir müssen mit ihr reden", beschließe ich laut. „Sie ist unsere Tochter."

„Aber was sagen wir?", fragt Thomas.

Ich zucke mit der Schulter. „Jedenfalls will ich nicht, dass sie wegen dir leidet, dass sie wegläuft, dass unsere Familie auseinander bricht."

Thomas schaut mich ziemlich hilflos an. Er hat uns in diese Situation gebracht und jetzt spielt er das Opfer, weil ich ihn nicht mehr will und seine dicke Bett-Trulla will ihn ebenfalls nicht. Eigentlich wäre es zum Lachen, wenn es nicht so traurig wäre.

Ich verachte ihn. Ich will ihn nicht mehr sehen, weil ich schon seinen Anblick nicht mehr ertrage.

*****

Ich klopfe an Annas Zimmertür, zuerst leise, dann lauter. Sie reagiert nicht, also gehe ich einfach hinein. Eine Mutter darf das. Sofort fällt mir ihr aufgeräumtes Zimmer auf. Es liegen keine Sachen mehr auf dem Boden. Am liebsten würde ich gleich nachschauen, ob sie alles einfach nur in den Schrank stopfte oder wie es sich gehört geordnet auf Bügel in den Schrank gehangen hat. Doch das verkneife ich mir. Jedenfalls ist diese Ordnung sehr ungewöhnlich und eher ein Zeichen dafür, dass irgendetwas nicht stimmt.

„Was willst du?", fragt sie ziemlich aggressiv.

„Ich will mit dir reden."

„Aber ich nicht mit dir", gibt sie patzig zurück.

Im Grunde ist mir das klar. Sie bespricht lieber alles mit ihrem Vater. Das hat sie schon immer so gehalten. Die zwei verstehen sich einfach.

Sie haben sogar immer zusammen Annas Hausaufgaben gemacht, was ich überhaupt nicht gut finde. Es sind schließlich Aufgaben für die Schüler und nicht für deren Väter.

Ich stehe noch immer an der Tür und komme mir langsam ziemlich dumm vor. Warum bin ich ihr nachgelaufen? Mir ist doch klar, dass sie mich in ihrer unnachahmlich unfreundlichen Art nur anblaffen wird. Ich werde mich schlecht fühlen, obwohl ich ihr nichts getan habe. Die Ablehnung kommt allein von ihr. Es ist besser, sie einfach in Ruhe zu lassen. Ich drehe mich um und greife nach der Türklinke.

„Warte!", ruft sie und drückt auf den Knopf der Fernbedienung. Mit einem Mal ist es still im Zimmer. „Setz dich!" Sie klopft mit der Hand neben sich auf ihr Bett. Vermutlich soll ich mich dorthin setzen. „Ich muss dir was sagen, was wichtiges. Es wird dir nicht gefallen."

Ich schaue sie an, doch sie dreht ihren Kopf zur Seite und flüstert: „Ich bin schwanger."

148

Schwanger? „Sag das noch mal!"

„Ich wusste, dass du gleich losgackerst, ich wusste es." Jetzt weint sie.

„Wie konnte das passieren? Verhütest du nicht?"

„Hast du noch mehr solche blöden Sachfragen? Dann kannst du gleich wieder gehen!"

Was erwartet sie von mir? Einen Termin beim Frauenarzt? Sie ist über Sechzehn und braucht meine Einwilligung zur Abtreibung nicht. Austragen will sie das Kind ganz sicher nicht.

„Du verstehst mich einfach nicht!", wirft sie mir an den Kopf.

„Ich weiß. Nur dein Vater versteht dich", sage ich ziemlich giftig.

„Und Birgit."

„Wer?"

„Du hast schon richtig verstanden. Birgit! Papas Freundin. Die ist schwer in Ordnung."

Klar, deshalb liebt er sie auch. Und nun auch noch Anna. Meine plötzliche Wut verwandelt sich genauso plötzlich in Hilflosigkeit. Mir ist elend zumute. Was ist nur so besonders an diesem Pusselchen, dass Thomas und Anna sie so überaus toll finden? Ich gebe mir alle Mühe, doch vergebens. Weder als Ehefrau noch als Mutter werde ich respektiert, einfach an die Seite gedrängt. Doch ich muss die ach-so-geliebte Birgit aus dem Kopf kriegen und mich auf Anna konzentrieren. Allein meine Anna ist jetzt wichtig und nicht dieses Biest Birgit.

Ich atme langsam aus und versuche, meine Tochter freundlich und entspannt anzuschauen. Doch ein Lächeln gelingt mir nicht.

„Du kennst sie also und hast mit ihr gesprochen?"

Anna zuckt gleichmütig mit der Schulter. „Klar."

„Klar ist das auch noch!", empöre ich mich. „Wie kam das? Ich will das jetzt wissen."

Ich merke, dass ich schon wieder wütend bin. Die Geschichte wird immer verrückter.

„Ich habe sie besucht", sagt Anna, als wäre es die selbstverständlichste Sache der Welt.

„Du hast was? Du hast sie besucht?"

„Ja, ich wollte wissen, wer sie ist. Und dann haben wir uns so gut unterhalten und ich habe ihr schließlich erzählt, dass ich schwanger bin."

Jetzt reicht es mir. „Du hast dieser Person Dinge erzählt, die niemanden außer uns etwas angehen? Du musst verrückt sein!"

„Mit dir kann man ja nicht reden!", faucht Anna.

„Ach nein?"

„Du meckerst nur. Immer meckerst du. Du fragst mich nicht, was ich will. Du sagst mir, was ich zu tun und zu lassen habe, was richtig und was falsch ist."

„Aber dazu ist eine Mutter da! Verstehst du das nicht?"

Augenblicklich fällt mir maman ein. Sie vertrat die Meinung, dass allein ich dafür verantwortlich war, was ich aus meinem Leben mache. Sie trieb mich in keine bestimmte Ausbildung, das überließ sie ganz allein mir. Ich kann das bei Anna nicht so locker sehen wie maman bei mir. Ich will sie beschützen, doch offenbar will sie das gar nicht.

„Ich will aber, dass *du mich* verstehst." Sie betont das Du und auch das Mich. „Doch du kommst mir immer mit deinen blöden Regeln."

Ich atme tief durch. Anna hat Recht. Dieses Gespräch artet in einen Streit aus. Das ist nicht gut und das will ich auch nicht. Doch sie wird einen Rat von mir wollen.

„Apropos Regeln: Wie lange hast du deine Regel schon nicht mehr?"

Anna verdreht die Augen. „Siehst du, das meine ich. Du gehst gleich sachlich an die Sache ran. Aber das ist keine Sache. Das ist ein Kind, das in mir heranwächst."

Ein Kind, das heranwächst. Offenbar will sie es weiterwachsen lassen. Doch warum? Sie wird sich kaum ihre Zukunft mit einem Kind verderben wollen. Nun weiß ich nicht, was ich noch sagen soll. Birgit wusste das offenbar ganz genau. Sie kann ein fremdes Kind verstehen, das ein Kind bekommt. Ausgerechnet Birgit! Das macht mich traurig und wütend zugleich.

„Im Grunde ist alles entschieden. Ich habe mit Birgit alles besprochen und geklärt", verkündet Anna trotzig.

„Na bravo!", platze ich heraus. „Dann könnt ihr gleich zusammenziehen, du, dein toller Vater und die wunderbare Birgit - und alles ist bestens für euch."

Meine Tochter bleibt still. Sie dreht ihren Kopf zur Seite, statt mir zu widersprechen, mir zu versichern, wie wichtig ich ihr bin, wie sehr sie mich braucht. Doch sie sagt nichts dergleichen. Auch ich sage nichts mehr. Ich bin verletzt, weil mich Birgit gleich doppelt hintergangen hat: zuerst mit Thomas und nun mit Anna.

Instinktiv spüre ich, dass ich jetzt nicht an mich, sondern an meine Tochter denken sollte, sie trösten, falls sie Trost braucht. Doch ihre deutlichen Worte, dass alles entschieden und geklärt ist, machen mich zum Außenseiter. Ich habe hier nichts mehr zu sagen, stehe auf und verlasse Annas Zimmer.

*****

Ich muss dringend mit Birgit sprechen. Was erlaubt die sich, meiner Tochter Ratschläge zu geben? Das empört mich derart, dass ich vor Zorn kaum Luft bekomme. Ich bin kein Mensch, der in Wut gerät, doch in letzter Zeit fühle ich mich sehr oft sehr wütend und möchte schreien und manchmal sogar um mich schlagen.

So geht das nicht weiter. Ich muss dringend lernen, mich wieder zu beherrschen, gelassen zu reagieren. Doch wie soll das funktionieren, wenn alles auseinanderbricht: zuerst meine Ehe mit Thomas, dann meine Freundschaft mit Birgit und nun lehnt mich auch noch meine Tochter ab. Das halte ich nicht aus. Ich muss handeln.

Birgits Telefonnummer ist nicht eingetragen, doch in ihrem Buch steht eine Mail-Adresse. Ich schreibe ihr sofort.

Birgit, ich muss mit Dir reden. Wann hast Du Zeit? Ruf an! Katrin Ich füge meine Handynummer und ein PS hinzu: *es geht um Anna.* Sonst glaubt sie am Ende, ich bettle sie wegen ihrer Liebschaft mit Thomas an.

Keine zwei Minuten später ruft sie an. „Kannst du sofort kommen? Ich bin daheim."

„Bei dir?"

„Warum nicht", fragt sie leise.

In ihrer Wohnung wäre sie im Vorteil, hätte sozusagen Hausrecht und ich müsste mich zwangsläufig anpassen. Das passt mir gar nicht. Trotzdem sage ich: „Also gut, ich gehe sofort los. Bis gleich."

Schnell lege ich auf und schreibe einen Zettel, dass ich zum Essen nicht hier sein werde. Ich lege ihn auf den Esstisch, ziehe meine Jacke über, schlüpfe in meine Straßenschuhe und laufe los.

Birgit steht bereits in der offenen Tür und fällt mir um den Hals. Ich mache mich sofort steif. Ich mag körperliche Nähe von Fremden nicht und am allerwenigsten von dieser Birgit.

„Ich hab dich so vermisst", schluchzt sie. „Komm, lass dich anschauen!"

Sie hält meine Hände fest, hebt sie ein Stück hoch und strahlt mich an, während sie noch ganz verheult aussieht. Ich schüttle energisch ihre Hände ab, denn solch eine dreiste Zudringlichkeit dulde ich nicht.

„Wir wollten über Anna reden. Schon vergessen?"

Irritiert schüttelt sie ihren Kopf. „Entschuldige bitte! Natürlich! Es geht um Anna."

Sie nickt und schaut mich dabei derart hilflos an, dass ich fast Mitleid mit ihr bekomme. Das hat sie natürlich nicht verdient, schon gar nicht von mir. Sie soll mir sagen, warum sie meiner Tochter Ratschläge gibt. Mehr nicht. Sie hat schon genug Schaden angerichtet.

„Bitte! Wir waren doch Freundinnen. Das ist doch viel mehr als so eine dumme Geschichte."

Mit dummer Geschichte meint sie jetzt nicht ihre Bettferkelei mit Thomas, oder? Ich schaue sie drohend an. Doch Birgit fällt mir wieder um den Hals und heult: „Du hast mir so schrecklich gefehlt."

Zuerst bin ich entsetzt über ihre Frechheit, befreie mich aus der Umklammerung und schiebe Birgit entschieden ein Stück zurück, fort von mir. Sie lässt ihre Arme sinken und schaut mich recht verzweifelt an.

Plötzlich überkommt mich eine Art Wohlwollen und mir ist schlagartig klar, dass ich sie noch immer mag oder wieder. Gibt es so eine Art Hassliebe?

Ich lege meinen Arm um ihre Schulter, streiche mit dem anderen die Locken aus ihrem Gesicht und sage: „Du hast mir ebenfalls gefehlt, sehr sogar."

Als Birgit befreit auflacht, ergänze ich: „Obwohl ich dich überhaupt nicht ausstehen kann."

Sie lacht noch lauter, packt mich am Arm, zieht mich hinein ins Haus und drückt mich aufs Sofa. Dort stehen bereits zwei gefüllte Rotweingläser auf dem Couchtisch.

„Ich brauche erst einmal einen Schnaps. Hast du so etwas?"

Birgit springt sofort wieder auf. „Aber ja! Wodka oder Kirschlikör?"

„Keinen Likör."

„Also Wodka." Sie flitzt an den Kühlschrank. Barfuß! Ich mag es nicht, wenn Leute ohne Schuhe herumlaufen.

„Nur Klares ist Wahres!", sagt sie, als sie mir eines der beiden bis an den Rand gefüllten Schnapsgläser hinhält. „Auf unsere Freundschaft!", ruft sie aus. „Wir sind doch wieder Freundinnen, oder?", setzt sie zaghaft hinzu.

Ich nicke, obwohl ich nicht glaube, dass ich sie wirklich als meine Freundin sehen kann.

Birgit zeigt auf den Vogelkäfig, den sie vorsorglich mit einem Tuch abgedeckt hat. Dann erzählt sie ausführlich von ihrem Gespräch mit Anna. Sie bestätigt, dass Anna das Kind tatsächlich austragen will und sagt, dass der Geburtstermin erst im Dezember sein wird. Das bedeutet, dass zumindest ihr Abitur nicht in Gefahr ist.

„Sie könnte bei Thomas in die Lehre gehen", schlägt sie vor.

Die Idee gefällt mir, denn Anna mag Bücher und wäre somit weiterhin behütet und beschützt. Doch ich bin mir nicht sicher, ob ihr das ebenfalls gefällt. Deshalb frage ich: „Hat sie das gesagt?"

Birgit schüttelt den Kopf. „Sie will lieber studieren, was mit Kind sicher nicht leicht sein wird."

„Ob nun Studium oder eine Berufsausbildung, mit Kind wird beides schwierig."

„Naja, zur Not passe ich auf das Kleine auf, schließlich arbeite ich daheim."

Der Vorschlag klingt theoretisch gut, doch praktisch bin ich komplett dagegen. Birgit hat mit dem Kind überhaupt nichts zu tun. Niemals würde ich zulassen, dass sie sich so weit in unsere Familie hineindrängt.

„Nein, das wäre meine Aufgabe", sage ich sehr bestimmt.

„Aber du willst doch nicht kündigen!", ruft sie aus.

„Das nicht. Es wird sich garantiert eine andere Lösung finden." Ich schaue sie streng an.

„Bitte! Wenn dir etwas einfällt … nur zu!"

Übertrieben gespannt schaut Birgit mich an und kichert. Dabei strampelt sie mit den Beinen wie ein Kind. Das sieht so furchtbar albern aus, dass ich lachen muss.

„Siehst du, du bist auch nicht schlauer als ich", triumphiert sie.

„Das habe ich auch nie behauptet."

„Aber du tust immer so furchtbar schlau." Ehe ich etwas sagen kann, ergänzt sie: „Dann wirkst du eher furchtbar als schlau."

Birgit lacht, also war es nur eines ihrer typischen Wortspiele, die ich bisher so gern mochte. Ich mag sie immer noch. Ich mag sogar Birgit wieder.

Den ganzen Abend reden, kichern, heulen und lachen wir. Erst, als die ganze Flasche Wein leergetrunken ist, gießt Birgit einen zweiten Schnaps *für das zweite Bein* ein. Auf dem Weg nach Hause merke ich, dass mir der Alkohol den Kopf und die Beine schwer gemacht hat.

Anna

Papa rekelt sich auf dem Sofa und liest in einem Buch, während Mutter am Tisch in einer Zeitschrift blättert. Sie liest wie immer nur die politischen Artikel, alles andere hält sie für unwichtig. Nie liegt sie auf dem Sofa oder bequem in einem Sessel und selten sitzt sie länger auf einem Stuhl als für die Mahlzeiten. Von einem Stuhl kann sie jederzeit schnell wieder aufspringen und etwas richten oder ordnen. Jetzt ist die Gelegenheit günstig für ein Gespräch, weil sich beide Eltern ruhig auf ihre Lektüre konzentrieren. Mir ist das jedenfalls lieber, als wenn sie mir beim Abendessen ins Gesicht sehen und mich mit Fragen bombardieren.

„Ich weiß nicht, was ich machen soll."

Mutter klappt sofort ihre Zeitschrift zu und legt

sie beiseite, als hätte sie auf meinen Satz wie auf einen Startschuss gewartet. Sie schaut mich besorgt an und sagt mit bemüht mütterlicher Stimme: „Ich habe mich erkundigt. Du könntest bei mir in der Sparkasse lernen, die Berufsschule ist hier in Chemnitz."

Typisch Mutter! Sie weiß immer ganz genau, was ich zu machen habe und was gut für mich ist. Doch sie weiß auch, dass ich auf keinen Fall in einer Bank arbeiten möchte.

„Du müsstest allerdings deine Mathematiknote verbessern und darfst die Prüfung auf keinen Fall vermasseln."

„Ich will aber nicht!", kommt heftiger aus meinem Mund als beabsichtigt.

Mutter schaut mich tadelnd an. „Du wirkst wie ein trotziges Kind. Jetzt, da du ein Kind erwartest, solltest du dich endlich wie eine Erwachsene verhalten."

Am liebsten würde ich mich jetzt verziehen. Sollen die Alten doch allein über mich beraten und irgend etwas beschließen. Mir ist das ganz egal.

„Anna! Zieh nicht solch ein miesepetriges Gesicht! Wir sitzen wegen dir hier."

Papa setzt sich schnell auf und schaut mich an. Eben glaubte ich noch, sie lesen ganz entspannt und jetzt heißt es, sie sitzen extra wegen mir beisammen. Ich hasse dieses Getue

159

und vor allem ihre oberschlauen Sprüche.

„Du könntest auch bei mir in der Buchhandlung lernen", bietet Papa an.

Ich horche auf. Buchhändler wäre keine schlechte Idee, weil ich nichts so gern mag wie Bücher. Doch so richtig gefällt es mir nicht, in den gleichen Firmen wie meine Eltern zu arbeiten, auch nicht bei Papa.

„Die Ausbildung wäre allerdings in Leipzig. Dort könntest du sogar Buchhandel/Verlagswirtschaft studieren, wenn dir das lieber ist."

Das hört sich gleich interessanter an. Doch wie soll das funktionieren mit einem Baby?

„Für eine Bewerbung hast du jedenfalls nicht mehr ewig Zeit", fasst Mutter in ihrer unnachahmlich kühlen Art zusammen.

„Danke für den Hinweis", erwidere ich patzig.

Mutter seufzt. „Ich könnte verkürzt arbeiten oder mich für ein Jahr beurlauben lassen, damit jemand bei deinem Kind ist, während du ..."

„Du wärst die Letzte, der ich mein Kind anvertraue."

„Anna!", mahnt Vater und zieht ein entsetztes Gesicht.

Mir tut leid, was ich gesagt habe. Doch ich will nicht zurückrudern. Deshalb wage ich nicht, Mutter anzusehen.

Sie sagt ganz ruhig: „Dann lässt du es eben

bleiben. Das war nur eine Idee, ein Angebot. Du solltest dich jedenfalls kümmern."

Dann nickt sie kurz mit ihrem Kopf Richtung Tür. Das bedeutet, das Gespräch ist beendet, ich darf oder soll verschwinden. Umso besser.

Ich sitze in meinem Zimmer und weiß immer noch nicht, was ich machen soll. Im Internet gebe ich *Ausbildung mit Kind* ein und finde eine Reihe von Gesetzen, die richtig gut für mich sind. Auch bei *Studieren mit Kind* entdecke ich viele Möglichkeiten, sogar an Kinderbetreuung ist gedacht. Die Studienrichtungen in der Fachhochschule Leipzig gefallen mir besser als die in der Chemnitzer Uni. Doch nach Leipzig umziehen und dort ganz allein mit einem Kind leben, stelle ich mir noch schwieriger vor als unter der Fuchtel meiner Eltern zu bleiben.

Warum war ich nur vorhin so unfreundlich zu Mutter? Ich weiß ja, dass sie mir helfen will, doch im Moment geht sie mir damit furchtbar auf die Nerven.

Thomas

„Ich jogge eine Runde", höre ich Katrin rufen und gleich darauf die Wohnungstür klappen.

Sie muss sich freilaufen, wie sie es nennt. Ich

würde im Leben nicht rennen, Birgit auch nicht. Birgit. Ständig ist sie in meinem Kopf. Ich sehne mich nach ihr, verzehre mich direkt so heftig nach ihren Umarmungen, dass es mich körperlich schmerzt. Doch ich kann nicht mehr als ständig an sie zu denken, denn sie hat mich verstoßen, weil sie Katrin kennt.

Und Katrin benimmt sich mir gegenüber, als wäre ich irgendein entfernter Verwandter. Wir essen zwar noch am Abend zusammen, doch ins Schlafzimmer lässt sie mich nicht. Immerhin sehe ich sie täglich, was mich beruhigt. Ich will nichts an meinem gewohnten Alltag ändern. Katrin offenbar auch nicht, denn sie ist immer ruhig und ausgeglichen und hat nie wieder Birgit erwähnt. Wenn ich sie frage, gibt sie Antwort. Wenn ich es mir recht überlege, ist sie eigentlich wie immer.

Alles an ihr ist ruhig und besonnen. Ich liebe ihre beherrschte Art, jedenfalls meistens. Manchmal hasse ich sie auch.

*****

Ich habe sie nur ein einziges Mal in unserer gesamten Ehe weinen sehen. Das war zu Ostern vor fünfzehn Jahren und eine äußerst schwierige Zeit für uns beide, an die ich nicht gern zurückdenke.

Damals war Katrin schwanger. Ich war ganz aus dem Häuschen vor Freude, doch sie schien sich nicht über ein zweites Kind zu freuen. Gesagt hat sie das allerdings nie. Vermutlich wäre sie mit nur einem Kind zufrieden gewesen. Anna ging in den Kindergarten und Katrin arbeiten. So sollte es wohl bleiben.

Plötzlich befiel sie eine seltsame Traurigkeit, aus der sie nicht einmal Anna herauslocken konnte. Ich hatte in einem Buch gelesen, dass eine Schwangerschaftsdepression eine recht häufige Nebenerscheinung ist, die nach der Geburt von selbst wieder verschwindet und machte mir deshalb keine großen Sorgen.

Doch sobald sich das Kind in Katrins Bauch bewegte, änderte sich zum Glück ihre Stimmung und sie fing an zu planen und Babysachen zu kaufen. Die Sachen von Anna hatte sie damals an so ein Mutter-Kind-Heim verschenkt und nichts aufbewahrt, keine Kleidung, kein Spielzeug, kein Geschirr und kein Bettchen.

Irgendwann, es muss so im fünften Monat gewesen sein, saß sie zusammengekauert auf dem Sofa und klagte über Bauchschmerzen. Diese Schwangerschaft verlief ganz anders als die drei Jahre zuvor mit Anna. Dem Arzt wollte sie nichts vorjammern, denn sie glaubte, alles sei normal.

Außerdem vermutete sie, die Schwierigkeiten kämen von der Aufregung um die Reisevorbereitungen. Wir wollten die Osterfeiertage bei Katrins Eltern in Büdingen verbringen.

Am Karfreitag stand sie nicht wie gewohnt am Morgen auf. Das wunderte mich, denn Katrin ist eine sogenannte Lerche, die schon frühzeitig richtig wach ist und alle mit ihrer Fröhlichkeit nervt. Außerdem wollten wir sofort nach dem Frühstück losfahren. Wir rechneten mit maximal vier Fahrstunden zuzüglich einer ausgiebigen Mittagspause und einem kurzen Spaziergang mit der kleinen Anna, die bei längeren Fahrten immer quengelte.

Ich setzte mich zu Katrin ans Bett und streichelte über ihre Haare, die nass am Kopf klebten. Auch das wunderte mich, denn wir schliefen immer bei offenem Fenster und es war recht kalt draußen. Plötzlich wurde mir bewusst, wie heiß ihre Stirn war und ich rief den Notarzt.

Der schickte Katrin sofort ins Krankenhaus. Kurze Zeit darauf war das Kind aus ihr herausgeschabt worden, tot. Bereits seit mehreren Tagen. Ein winzig kleiner Junge.

„Haben Sie nichts gemerkt?", fragte der Arzt.

Katrin schüttelte den Kopf. „Wohl eher gespürt.

Ich wusste, dass irgendetwas nicht in Ordnung war, doch ich wollte es nicht wahrhaben, dass das Kind, wenn es sich nicht mehr bewegt ...“ Sie sprach nicht weiter, drehte sich zur Seite und wollte ihre Ruhe.

Der Arzt erklärte mir irgendetwas von einer Eileiterschwangerschaft.

Bereits Dienstag nach Ostern durfte Katrin nach Hause. Doch sie lag nur im Bett und manchmal hörte ich sie weinen. Sie wollte nichts essen und klagte über Bauchschmerzen. Der Arzt hatte gesagt, dass dies normal sei nach solch einem Eingriff. Alles wäre in Ordnung.

Nichts war in Ordnung. Sie quälte sich bei jedem Gang zur Toilette und bekam zwei Tage später plötzlich hohes Fieber. In meiner Angst rief ich den Notdienst, der sie sofort mitnahm. Katrin sah furchtbar aus, ganz bleich und reagierte auf gar nichts.

Vielleicht hatten sie bei der Operation nicht alles erwischt, vielleicht waren die Keime des toten Kindes bereits im Körper. Jedenfalls war der gesamte Bauchraum entzündet und vereitert und die Situation lebensbedrohlich. Ich hatte nur so viel verstanden, dass Katrin keine Kinder mehr bekommen würde.

Sie nahm es gelassen hin, doch dieses Mal

weinte ich. Es hatte so etwas endgültiges.

Schlimm fand ich, dass Anna ständig fragte, wo ihr kleiner Bruder bleibt, denn wir hatten ihr erzählt, dass sie im Sommer ein Geschwisterchen bekommt. Sie wollte nicht begreifen, dass es keinen Bruder geben wird und gab viele Wochen lang keine Ruhe. Das machte es für Katrin noch zusätzlich schwer.
Katrin war schon immer ernst, doch seitdem ist sie direkt verschlossen und sie albert auch nicht mehr mit Anna herum.
An jedem Osterfest muss ich an diese schlimme Zeit denken, während Katrin ruhig bleibt. Vermutlich liegt das daran, dass Ostern in jedem Jahr an einem anderem Datum stattfindet.

Kurz darauf starb Katrins Vater und ihre Mutter ging zurück in ihre Heimat nach Frankreich. Katrin besucht sie einmal im Jahr, immer allein. Ich kann hier nicht so einfach weg. Außerdem wohnt die Mutter nicht am Meer, sondern irgendwo in den Bergen. Dort würde ich mich nicht wohl fühlen.

Katrin

Ich rufe maman an. „Ich weiß nicht, ob ich dich in diesem Sommer besuche."

Darauf entgegnet sie nichts. Ich sehe sie direkt vor mir, wie sie mit der Schulter zuckt und erwartet, dass ich ihr den Grund nenne. Von sich aus nachfragen würde sie nicht. Also erzähle ich ihr, dass Thomas mit meiner Freundin schläft und dass er sie liebt.

„Und jetzt meinst du, du kannst auf ihn aufpassen, wenn du daheim bleibst. Sei nicht albern, Kind!"

„Albern? Mehr fällt dir dazu nicht ein?"

„In einer Zeit, in der jede zweite Ehe geschieden wird, ist es albern, sich über eine Affäre aufzuregen. Er hat sie bald über und kommt zu dir zurück. Dann ist alles wie früher."

Ich glaube nicht daran. Außerdem kann niemals etwas so sein, wie es früher einmal war.

„Er ist gar nicht weg, er pendelt zwischen ihr und mir hin und her."

Maman lacht.

„Was gibt es da zu lachen?", frage ich wütend.

„Ich lache, weil du deinen Mann so ernst nimmst. Das ist ein großer Fehler, denn Männer darf man nicht ernst nehmen. Sie wollen raus und wissen selbst nicht, wohin. Darüber kann man nur lachen."

Ich lache nicht, ich bin gekränkt. „Ich habe ihm vertraut, grenzenlos vertraut."

„Wenn es grenzenlos ist, ist es Dummheit."

Sie hat leicht reden, sie hatte Papa, der sie anbetete. Vermutlich war ich wirklich dumm und bin es noch.

„Was soll ich denn jetzt tun?"

„Nichts."

„Nichts?" Das empört mich nun wirklich.

„Nichts. Du musst ruhig warten, dann erledigen sich die meisten Dinge von selbst."

„Aber das kann ich nicht!"

„Es wird dir nichts anderes übrig bleiben, mein Kind. Es läuft immer anders als man will - man wird nur enttäuscht."

Nichts zu tun und einfach nur abzuwarten liegt mir gar nicht. Man muss einen Plan haben, eine Entscheidung treffen, etwas tun. Doch mich mit Birgit um meinen Mann zu streiten, halte ich ebenfalls für unpassend.

„Wenn er gehen will, musst du ihn ziehen lassen. Du kannst ihn nicht halten."

„Und was wird dann aus mir?" Ich bleibe allein zurück nach all den gemeinsamen Jahren. Daran darf ich gar nicht denken.

„Geh zur Arbeit und rede mit niemanden darüber!"

Was soll das jetzt wieder? Ich habe nicht vor, damit hausieren zu gehen, doch ich will ebenso wenig ein Geheimnis daraus machen. Plötzlich fällt mir meine Kollegin Susanne ein, die von ihrem Mann verlassen wurde und wochenlang mit rotgeweinten Augen herumlief. Die einen bedauerten sie, die anderen nicht, doch alle hörten auf, sie zu achten. Maman hat Recht, ich muss diese ganze unangenehme Sache für mich behalten.

„Irgendwann hat er genug von ihr. Suche dir inzwischen einen diskreten Liebhaber!"

„Maman!" Solch einen abartigen Rat hätte ich nicht von ihr erwartet.

„Alles hat ein Ende – so oder so. Gehe zum Friseur und lasse dir die Haare schneiden! Du wirst sehen, das hilft."

Mir ist zwar nicht klar, was eine neue Frisur mit Thomas zu tun hat, doch immerhin bin ich entschlossen, nun doch wie geplant maman in Frankreich zu besuchen. Ich konnte nicht verhindern, dass er sich auf eine Affäre mit Birgit einließ, obwohl ich immer in seiner Nähe war. Also kann ich genauso gut verreisen.

*****

Ich bummle über den Markt, doch heute regen mich die vielen bunten Stände nicht zum Kauf an. Deshalb beschließe ich, an der Chemnitz entlangzulaufen. Auf den Wiesen blühen sicher bereits die Krokusse oder vielleicht sogar schon die Narzissen. Das wird mich aufmuntern.

Unterwegs komme ich an einem Friseurladen vorbei, der mir bisher noch nie aufgefallen ist und sich *trend-cut* nennt. Drinnen ist alles in Schwarz gehalten: Sessel, Waschbecken, Flacons, sogar Fön und Kämme. Die beiden jungen Friseusen tragen schwarze Kleidung und haben tiefschwarz gefärbte Haare, die eine mit weißen Streifen dazwischen. Sie legen mir einen bodenlangen Umhang aus Plastik um, in dem ich wie eine Mülltonne aussehe. Außer mir und den beiden Mädchen ist niemand sonst im Laden. Das liegt sicher an der Uhrzeit und hoffentlich nicht daran, dass sie ihr Handwerk nicht verstehen.

Ich löse meine Haarspange, so dass mir meine Haare auf die Schulter fallen und frage: „Zu welcher Frisur raten sie mir?"

Eines der Mädchen fasst mir in die Haare und wuschelt sie durch. „Also trendy ist die Länge nicht, da müssen wir kürzen. Glätten brauchen wir nicht, nur aufhellen."

„Moment!", unterbreche ich ihren Eifer. „Färben erlaube ich nicht. Außerdem will ich nicht wissen, was im Moment modern ist, sondern was zu meinem Gesicht, zu meinem Typ passt."

„Die linke Seite schneiden wir ganz kurz, die rechte lassen wir locker bis zum Kinn fallen."

„Das gefällt mir nicht", sage ich und bereue im gleichen Moment, überhaupt hier hereingekommen zu sein. „Ich wollte nur eine Beratung und weiß noch gar nicht, ob ich eine andere Frisur will."

Am besten, ich verschwinde sofort wieder, ehe die Mädchen zur Schere greifen. Doch ich verheddere mich in diesem steifen Umhang.

„Das war nur ein Vorschlag", versichert eilig das Mädchen. „Sie haben ein schönes, schmales Gesicht, da kann man die Haare an den Seiten länger lassen."

Sie zeigt mir ein Foto, worauf die Haare seitlich abstehen, als hätte sich das Model tagelang nicht gekämmt. Das wirkt liederlich und passt nicht zu mir. Schließlich arbeite ich in einer Bank und kann nicht herumlaufen, als käme ich direkt von der Gartenarbeit. Vielleicht ist es besser, überhaupt nichts zu ändern. Seit zwanzig Jahren trage ich diese Frisur und war immer zufrieden.

Das Mädchen zeigt mir ein anderes Foto, auf dem eine Frau etwa in meinem Alter mit einer Art Pagenschnitt abgebildet ist. Die Haare fallen glatt herunter bis kurz unters Kinn. Das sieht ansprechend aus.

„Sie können einen Seitenscheitel oder auch

171

einen Pony tragen."
Ich entscheide mich für das Pony und lasse die Haare bis fast zur Schulter kürzen. Eine halbe Stunde später verlasse ich zufrieden, doch um 55 Euro ärmer den Salon.

*****

Was passiert eigentlich mit dem Urlaub, den ich gemeinsam mit Thomas plante? Auf den Urlaub will ich nicht verzichten, wohl aber auf die Gesellschaft von Thomas. Er würde glauben, alles sei wieder in Ordnung, wenn wir im gleichen Hotelzimmer schlafen.
Doch ganz allein reisen mag ich ebenfalls nicht. Ich will mich unterhalten, Schönes mit jemandem erleben und gemeinsam genießen. Allein schmeckt nicht einmal das beste Essen in einem Fünf-Sterne-Gasthof.

Früher richteten wir uns mit unseren Reisen ganz nach Anna. Während ihrer ersten zehn Lebensjahre wählten wir Hotels in der Nähe, später an der Ostsee. Dort fühlten sich Anna und Thomas besonders wohl. Wasser mag ich ebenfalls, doch ich will sofort hinein und schwimmen und nicht wie die beiden faul am Strand herumliegen und lesen. Ich muss mich bewegen, laufen.

Als Anna größer war, flogen wir nach Ibiza, Spanien, Italien und sogar Amerika. Doch auch dort ging es immer nur an den Strand. Erst im letzten Jahr, als Anna nicht mehr mit uns fahren wollte, konnte ich mich durchsetzen und habe mir einen Wanderurlaub in Tirol ertrotzt. Leider war dieser Urlaub viel zu kurz, nur eine einzige Woche.

Das liegt daran, dass Thomas seine Buchhandlung nicht länger als eine Woche schließen will. Deshalb reiste ich früher mit Anna voraus, Thomas kam zwei Wochen später nach.

*****

Für dieses Jahr buchten wir ein Hotel im Salzkammergut. Ich habe im Internet gelesen, dass die Gegend von zahlreichen klaren Seen in Trinkwasserqualität und den umliegenden Bergmassiven der Kalkalpen, des Dachsteinmassivs und dem Toten Gebirge geprägt ist. Das stelle ich mir wunderbar vor.

Wir wollten tagsüber wandern und anschließend in einem der vielen Seen schwimmen und uns erholen.

Doch allein mag ich nicht reisen und muss den Urlaub nun wohl oder übel stornieren. Vielleicht sollte ich Anna fragen, ob sie mich begleitet?

Ihre Prüfungen wären vorbei und der Geburtstermin des Kleinen erst drei Monate später. Sie ist schließlich nur schwanger und nicht krank. Aber nein, das kann ich mir sparen. Anna wäre lieber allein unterwegs als allein mit mir.

Dabei beginnen die Vorlesungen erst am achten Oktober. Bis dahin wären wir längst zurück. Vorbereiten muss sie nichts, denn sie bleibt in Chemnitz und wird nun doch Germanistik studieren, weil die Kursangebote für junge Mütter extrem günstig und verlockend sind. Seltsam finde ich, dass Schwangere nicht abgelehnt, sondern sogar bevorzugt werden. Sie genießt zwar nicht den gesetzlichen Mutterschutz, doch sie kann freiwillig an Vorlesungen und Prüfungen teilnehmen.

Ich rufe Birgit an und erzähle ihr mein Urlaubs-Dilemma.

„Aber das ist doch ganz einfach!", ruft sie aus. „Wir zwei fahren zusammen."

Sich von jetzt auf gleich für einen Urlaub zu entschließen, halte ich nicht für spontan, sondern für unüberlegt und direkt liederlich. Außerdem will ich nicht ausgerechnet mit Birgit gemeinsam in einem Hotelzimmer zu wohnen. Wie stellt sie sich das vor? Zwar verstehen wir uns wieder, doch einen Urlaub mit ihr, den ganzen Tag zusammen auf so engem Raum kommt überhaupt nicht in Frage.

„Das wird nicht funktionieren, denn die Reise wäre erst Mitte September, da sind keine Ferien", sage ich und hoffe, dass sie merkt, dass dies nur eine Ausrede ist und ich auf gar keinen Fall mit ihr zusammen eine Woche in den Bergen verbringen will.

„Ach, eine Woche können die Zwillinge locker bei meinen Eltern bleiben. Ich rufe sie sofort an."

„Ich glaube nicht, dass das eine gute Idee ist."

„Papperlapapp!", sagt Birgit lachend und legt einfach auf.

September 2018

Katrin

Während der Fahrt ins Salzkammergut wechseln wir uns am Steuer ab. Birgit fährt viel ruhiger und entspannter, als ich erwartet hätte. Ich fühle mich sicher neben ihr. Ab Regensburg ist die Landschaft eintönig und flach. Sogar in Österreich fahren wir recht lange durch langweilig flache Gegenden, was mich sehr wundert. Ich glaubte, dass nur an der Grenze zu Ungarn Flachland ist. Doch plötzlich sind wir

175

mitten in den Bergen und ich könnte heulen vor Glück.

Birgit klatscht begeistert in die Hände und macht mich auf allerlei Kleinigkeiten aufmerksam: eine Ente auf dem Wasser, ein violett blühender Strauch, ein Motorrad, doch die grandiose Bergkulisse nimmt sie kommentarlos hin.

Bevor wir unser Hotel erreichen, kaufe ich an einem Kiosk eine Wanderkarte im Maßstab 1:25.000, während sich Birgit nach einem Café erkundigt. Sie möchte am See sitzen und Kuchen essen, doch ich will zuerst ins Hotel und die Koffer auspacken.

Das Hotel steht etwas abseits des Ortskerns, vom Balkon aus sehen wir den Altausseer See und den schroffen Loser-Felsen. Es ist einmalig schön hier. Während Birgit steht und schaut, als sauge sie das Panorama in sich auf, räume ich meine Kleider in den Schrank und die Kosmetiktasche ins Bad. Danach schlendern wir an den See und Birgit wählt statt Kuchen einen großen Eisbecher mit Früchten, Likör und Schlagsahne.

Am Abend falte ich die Wanderkarte auf dem Tisch auseinander und suche unsere erste Tour aus.

*****

Als ich am nächsten Morgen vom Joggen zurück bin, sehe ich Birgit auf dem Balkon seltsame Bewegungen machen. Es sieht aus wie langsames Ballett und wirkt bei dieser korpulenten Frau etwas sonderbar.

„Was machst du?", will ich wissen.

„Chi Gong."

Das klingt nach einer chinesischen Mahlzeit. Doch mir fällt ein, dass ich vor kurzem eine Reportage über Saigon sah, wo die Leute morgens sechs Uhr in Parks standen und sich so ähnlich wie Birgit bewegten.

„Mach mit!", fordert sie mich auf.

Ich will kein Spielverderber sein, stelle mich ihr gegenüber auf und versuche, meine Arme und Beine so zu halten wie sie.

So richtig gelingt mir das nicht, ich wackle und kipple auf meinen Füßen hin und her. Dabei sehen die Übungen alles andere als schwierig aus. Zudem bin ich recht sportlich.

Jeden Morgen jogge ich eine halbe Stunde vor dem Frühstück, während sich Birgit noch einmal auf die andere Seite dreht und weiterschläft. Natürlich habe ich versucht, sie zum Laufen zu animieren. Doch sie antwortete mir, sie bevorzuge das ruhige Gehen. Sie habe keine Eile, sondern Zeit und auch noch niemals einen Jogger freundlich lächeln sehen, alle würden schwitzend und keuchend wie getrieben an ihr vorüber hasten.

Auch von flotten gymnastischen Übungen hält sie nichts, das wäre ihr zu zackig und würde sie ans Militär erinnern.

Birgit bewegt sich lieber langsam. Auch dieses Chi Gong besteht aus langsamen Kreisen mit Armen und Beinen, was erstaunlich viel Balance erfordert.

Sie schlägt vor, erst einmal zu meditieren. Dazu setzt sie sich im Schneidersitz auf den Boden, was mir ziemlich unbequem vorkommt. Statt des erwarteten „ommmm" befiehlt sie: „Mach deine Augen zu!"

Dann säuselt sie: „Ich bin ganz bei mir."

Logisch. Wo sollte sie auch sonst sein?

„Ich gehe über eine Wiese mit vielen Blumen."

Das stimmt nun nicht, denn sie sitzt vor mir und murmelt leise eine Art Gebet. Das bringt mich zum Kichern. Doch ich versuche, mich zu beherrschen und ganz auf ihre Worte zu konzentrieren.

„Ich spüre, dass neben mir ein Mann sitzt."

Jetzt wird es lustig.

„Er hält eine Feder in der Hand, eine große schwarze Adlerfeder, und führt sie leicht über meinen Körper, ohne diesen zu berühren."

Wie kann sie das sehen, wenn sie doch ihre Augen geschlossen hat? Was wird das überhaupt? Eine erotische Geschichte? Ich will das nicht. Niemals würde ich neben einem fremden Mann, der mit einer Feder herumhantiert, auf einer Wiese sitzen. Bei Birgit kann ich mir das allerdings gut vorstellen.

Nach einer gefühlten Ewigkeit darf ich meine Augen wieder öffnen. Birgit schaut mich etwas entrückt an und fragt, ob ich mich auf dieser Wiese zwischen all den Blumen gesehen hätte.

„Wieso mich? Du hast doch gesagt, *ich* gehe über die Wiese, also du und nicht ich."

Birgit braucht eine Weile, um zu verstehen, was ich meine. Dann steht sie auf und geht wortlos hinein ins Zimmer. Madame ist vermutlich wieder einmal beleidigt und ich weiß nicht, warum. Nachlaufen werde ich ihr sicher nicht, das unterstützt nur ihre Überempfindlichkeit. Gerade in dem Moment, in dem ich doch nach ihr schauen will, steht sie vor mir und blafft: „Bist du eigentlich boshaft oder einfach nur dumm?"

Auf solch eine ungezogene Frage, die eigentlich gar keine Frage ist, antworte ich nicht.

„Jedes einzelne Wort nimmst du ernst!", wirft sie mir vor.

„Dazu sind die Wörter schließlich da", kontere ich. „Du legst dafür jedes einzelne Wort auf die Goldwaage."

Nun lacht Birgit. Es ist seltsam mit ihr. So

179

schnell sie eingeschnappt davon stürmt, so schnell steht sie lachend wieder vor mir. Ihre Gefühle wechseln schneller als das Wetter im April und ich kann diese Launen nicht ernst nehmen. Es gehört sich nicht, sich so gehenzulassen.

Birgit will alles ausdiskutieren, was ich für absolut übertrieben halte. Man muss nicht über alles reden.

„Man muss sehr wohl über alles reden", behauptet sie. „Nichts ist so leicht wie zuzustimmen, doch so kann man sich nie einigen."

Muss man sich wirklich immer einigen? Mir reicht es, wenn ich die Meinung des Anderen kenne. Ich muss nichts dazu sagen und ihm auch nicht meine Sicht der Dinge erklären. Das bringt nichts. Ich bin überhaupt recht vorsichtig mit den Wahrheiten, denn ich will niemanden verletzen. Doch Birgit glaubt, ich wolle sie bevormunden, weil ich angeblich so unnach-giebig sei. Dabei rede ich bei weitem nicht so viel wie sie und wedle zudem nicht so wüst mit meinen Armen herum.

*****

Jeden Tag fahren wir zuerst ein Stück mit dem Auto, ehe wir einen der umliegenden Berge hinauf wandern und essen in einer Almwirtschaft recht deftig zu Mittag. Wir steigen sehr langsam nach oben. Das liegt nicht daran, dass Birgit schnell außer Atem gerät, sondern daran, dass sie aller paar Schritte stehenbleibt. Wie gebannt starrt sie auf einen Baum. Hat sie einen großen Vogel oder ein Eichhörnchen gesehen?

„Was siehst du dort?", will ich wissen.

„Schau doch! Wie herrlich dieser Baum gewachsen ist, so unglaublich hoch und so majestätisch gerade."

Der Baum ist wirklich schön, doch deshalb würde ich nicht stehenbleiben und verzückt jubeln. Kurz darauf hockt sie sich direkt auf den Waldboden und hat ihre Freude an den Zweigen und Blättern über ihrem Kopf, die im Wind leicht hin und her schaukeln. Zum Schluss wirft sie sich einfach auf eine Wiese und betrachtet die vorüber ziehenden Wolken. Dabei schaut sie so glücklich und fast entrückt aus, als wäre eine schöne Melodie in ihrem Kopf, der sie lauscht.

So etwas würde mir im Leben nicht einfallen. Ich bin kein Wolkengucker. Wolken sind da oder eben nicht. Ich habe ein Ziel im Kopf, einen Weg vor Augen, den ich gehen will, ich will nach oben. Birgit trödelt, sie konzentriert sich nicht. Ihr ist es gleichgültig, wann wir oben in der Hütte ankommen oder ob wir überhaupt ankommen. Das macht mich verrückt.

Überhaupt scheint sie keinen Plan zu haben, sie lässt sich treiben.

„Wozu brauche ich ein Ziel?", fragt sie verärgert. „Ich genieße das Leben. Irgendetwas nachzujagen ist mir noch niemals eingefallen."

„Auch keinem Erfolg?", frage ich ungläubig.

„Erst recht keinem Erfolg!"

Jetzt redet sie wieder Unsinn. Jeder Mensch braucht Erfolg, besonders sie als Autor.

„Und dein Roman?", frage ich. „Du wirst ein Ziel haben, ein Datum, wann er fertig sein soll."

„Er ist fertig, wenn er fertig ist. Ich schreibe, wenn ich schreiben will und nicht, weil mich ein Datum oder sonst etwas dazu zwingt."

„Das heißt, du lebst ziellos in den Tag hinein."

„Ich lebe, ich genieße das Leben. Das verstehst du wohl nicht?"

„Nein, das verstehe ich nicht. Und wenn nun keiner dein Buch liest?"

„Dann liest es eben keiner. Ich schreibe, weil ich etwas sagen oder erzählen will. Ob das einer liest, ist mir relativ gleichgültig."

„Doch du lebst davon! Also darf es dir nicht gleichgültig sein."

Darauf antwortet Birgit nicht, sie lacht einfach, hockt sich ins Gras und pflückt Blumen.

„Ist es nicht wunderschön hier?", ruft sie

begeistert.

Nach der Wanderung fahren wir an einen der vielen Seen. Das Wasser ist unglaublich klar, so dass sich die Wälder und Berge ringsum darin spiegeln und die Landschaft mit der gespiegelten im Wasser verschmilzt. Sobald ich meinen Kopf unter Wasser tauche, ist die Welt für mich völlig ausgeblendet.

Während ich schwimme, sitzt Birgit auf einer Bank am Ufer und liest. Dabei taucht sie derart in die Geschichte des Buches ein, dass sie ringsum nichts hört, ihr Umfeld regelrecht verschwindet. Offenbar hat sie immer und überall ein Buch dabei. Sogar im Bett liest sie, was ich überhaupt nicht verstehe. Wenn ich ins Bett gehe, schlafe ich. Ansonsten möchte ich immer etwas tun und nicht irgendwo herumsitzen.

*****

Birgit schreibt. Sie hat ihren Laptop dabei und ich habe den Eindruck, dass sie all unsere Erlebnisse in ihrem neuen Roman verarbeitet. Das gefällt mir nicht. Ich möchte keine Roman-figur sein und sage ihr das.

„Weißt du, anfangs machte ich mir keine Gedanken und schrieb meine Geschichten, wie sie mir in den Sinn kamen", erklärt Birgit. „Plötzlich wurde ich von allen Seiten angegriffen."

„Weshalb denn?", frage ich erstaunt.

„Einige Leute aus meiner Verwandtschaft bildeten sich ein, sich in meinen Geschichten zu erkennen und fühlten sich beschimpft. Ich versicherte ihnen, dass sie sich täuschten, dass ich im Leben nicht an sie gedacht hatte beim Schreiben – doch sie glaubten mir nicht. Daraufhin konnte ich zwei Jahre lang nichts mehr schreiben."

„Aber warum?"

„Ich war total verkrampft, überlegte mir jedes Wort und prüfte es nach allen Seiten, ob es irgendwen verletzen könnte."

Das kann ich mir nun bei Birgit gar nicht vorstellen. Sie scheint nicht zu überlegen, bevor sie spricht und haut ihre Meinung jedem um die Ohren. Das sage ich ihr und sie antwortet, dass sie schließlich verstanden werden will.

„Doch dann sagte ich mir, dass ich nur dafür verantwortlich bin, was ich sage oder schreibe und nicht dafür, was irgendwer in meine Worte hineindeutet. Seitdem bin ich sozusagen geheilt und drücke mich genauso aus wie mir zumute ist."

Ihre meist sehr deutlichen Worte können sehr

184

wohl verletzen. Wenn sie ebenso schreibt wie sie spricht, kann ich mir die Reaktion ihrer Familie vorstellen.

„Warum schreibst du auch Sachen über deine Familie?"

„Weil es mir inzwischen gleichgültig ist, was sie reden. Sie reden so oder so und verstehen, was sie verstehen wollen. Sie kümmern sich nicht um das, was ich tatsächlich geschrieben habe."

Das sagt sie so leicht dahin und lacht mich an dabei. Vielleicht hat sie Recht mit ihrer Art, doch mir gefällt das nicht. Jedenfalls nicht immer.

Manchmal liest sie mir ihre Texte vor, doch ich weiß nie so recht, was ich darauf sagen soll. Ein „gut" reicht ihr nicht. Da ich nicht lese, kann ich ihr nicht sagen, was ich von der Handlung oder den Personen halte, die ich überhaupt nicht kenne. Falls ich die Personen oder die Begebenheiten kennen würde, könnte ich ihr wenigstens sagen, wo sie von der Wahrheit abweicht. Birgit behauptet, ihre Geschichte sei erfunden, doch manches kommt mir so bekannt vor, als hätte ich es selbst erlebt. Soll ich ihr das etwa sagen?

„Man hat doch immer und zu allem eine Meinung", schimpft sie.

„Dazu brauche ich Vorwissen, sachliche Informationen."

„Brauchst du nicht! Es ist eine ganz normale Geschichte über ganz normale Leute."

„Genau das ist es: Weil die Leute und die Geschichte so normal sind, kann ich nichts dazu sagen."

Was soll ich auch zu einer Liebesgeschichte sagen? Sie ist klar und eindeutig, irgendwann findet das Paar zusammen und die Geschichte ist fertig erzählt. Bei einem Sachartikel wäre das anders. Dazu gäbe es konkrete Fragen und entsprechend konkrete Antworten. Das versteht Birgit nicht.

Sie versteht auch nicht, weshalb ich täglich die Nachrichten sehen will.

„Nachrichten gehören zur normalen Bildung", argumentiere ich.

„Und diese *Bildung*", dabei verdreht Birgit die Augen, „bekommst du ausgerechnet über das Fernsehen?"

„Natürlich. Man muss doch wissen, was in der Welt geschieht."

Ihre Stimme klingt herablassend, als sie sagt: „In rasend schneller Folge gibt es Kurzberichte über Morde, Verkehrsunfälle und Brände, die sich in der vergangenen Nacht zugetragen haben."

„Genau das will ich wissen", erkläre ich.

Sie schüttelt ihren Kopf. „Heute beim Frühstücksfernsehen kicherten die Moderatoren albern und plapperten über ihre Haustiere und Wochenendpläne. Das heißt, sie nehmen sich selbst nicht ernst. Warum also solltest du sie ernst nehmen und ihnen zuhören?"

Diesen Zusammenhang begreife ich nicht. Ich begreife auch nicht ihre Abneigung gegen Werbung. Sie sagt, das würde an den Texten liegen. Ich mag es, wenn die Botschaft kurz und klar ist. Doch Birgit meint, sie wäre nicht klar, sondern direkt falsch.

„Was soll *Sauber ist besser* bedeuten?"

Ich lache, denn die Aussage ist völlig klar für mich.

„Nein, das ist kein kompletter Satz. Sauber ist besser *als* …, als was?"

Sie ärgert sich auch über *wo wohnen wenig kostet.* Ich verstehe, dass es um ein Möbelhaus geht, Birgit meint, das wäre ein Vermieter, weil man in einem Möbelhaus nicht wohnt.

„Hast du die Speisekarte gelesen?", fragt sie.

„Was ist damit?", wundere ich mich.

„Gulasch an Speckbohnen und Klöße."

„Na und?"

„Es muss heißen: Gulasch *mit* Speckbohnen und Klöße*n*." Das mit und n bei Klößen betont sie besonders deutlich. Ich halte das für übertrieben pingelig. Jeder weiß, was gemeint ist, doch Birgit regt sich darüber auf.

„Du bist von Worten besessen", kritisiere ich.

„Nein, ich nehme sie nur ernst, denn sie müssen stimmen." Plötzlich lacht sie. „Wir sind gar nicht so verschieden. Weißt du das? Du nimmst die gesprochenen Wörter ernst und ich die geschriebenen."

„Und doch bist du besessen, besessen vom Schreiben, ständig hast du etwas zu notieren oder in deinen Laptop zu tippen."

Birgit muss nicht nachdenken. Sie antwortet wie immer wie aus der Pistole geschossen. „Ich schreibe gern, doch besessen bin ich davon keinesfalls, denn es gibt vieles, was ich gern mache."

Mir fällt nur ein, dass sie gern liest und Kuchen isst. Beides Dinge, die ich nicht zum Leben brauche. Dafür treibt sie keinen Sport, was bei ihrer Figur bitter nötig wäre, und sie hält keine Ordnung, was mich sehr stört.

*****

Die Woche ist viel zu schnell vorbei.

„Der Urlaub war so wunderschön! Wir sollten für immer hier leben. Schreiben kann ich überall und eine Sparkasse wird es für dich hier auch geben."

Fassungslos schaue ich Birgit an. Dieser kindische Vorschlag passt zu ihr.

„Nein." Ich schüttle entschieden meinen Kopf. „Das würde nichts bringen. Hier ist es schön für einen Urlaub – nichts für immer."

„Aber wir haben uns so gut verstanden, es gab keinen Streit", argumentiert Birgit.

Das stimmt. Es war eine wunderschöne Woche, doch eben nur eine einzige Woche! Vielleicht ginge es auch vier Wochen gut oder fünf, doch bestimmt nicht fünf Jahre.

„Urlaubsstimmung eben, die nicht ewig anhalten wird."

„Es war nur so ein Gedanke, weil ich mich so wohl fühlte eben." Entschuldigend zuckt sie mit der Schulter.

„Ich fühle mich wohl in Chemnitz. Du nicht?"

„Doch", stimmt sie mir zu. „Du hast Recht. Ich wollte eigentlich noch nie wirklich weg aus Chemnitz. Nicht für einen Urlaub und schon gar nicht für immer. Ich wäre in der Fremde verloren."

Ich sehe, dass Birgit nachdenkt. Sie schüttelt immer mal wieder den Kopf, lächelt, schaut mich prüfend an und wieder zur Seite. Das ist ungewöhnlich, denn normalerweise platzt sie ihre Gedanken sofort heraus, meist unsortiert und unüberlegt.

„Was ist?", hake ich nach.

189

„Ich habe da so eine Idee, eine unglaublich wunderbare Idee, doch dir wird sie trotzdem nicht gefallen, obwohl sie wirklich genial ist."

Mit diesem unsinnigen Durcheinander kann ich nichts anfangen.

„Mach es nicht so spannend! Nun hast du einmal angefangen, also rede auch zu Ende!", fordere ich sie auf.

„Erst hole ich mir ein Glas Rotwein, weil mich das immer beruhigt."

Birgit steht auf und gießt sich ihr Glas randvoll. Randvoll, darüber kann ich nur den Kopf schütteln. Dann schaut sie mich ernst an und wirkt fast verlegen.

„Was hältst du davon, wenn wir beide zusammenziehen?"

Automatisch fasse ich mir an den Kopf.

„Sag jetzt nichts! Denke erst in Ruhe darüber nach!", bittet sie.

Was gibt es darüber nachzudenken? Die Idee ist völliger Unsinn. Wir verstehen uns gut, weil wir uns ergänzen. Das ist ideal für eine Freundschaft, für Leute, die sich nicht täglich sehen. Man kann nur mit dem zusammenleben, der ein ähnliches Wesen hat. Nicht umsonst heißt es: Gleich und gleich gesellt sich gern. Gegensätze ziehen sich wohl an, doch sie halten es nicht lange miteinander aus.

Ich bin Realist, Birgit eine Träumerin, die sich

ständig in ihre Traumwelten zurückzieht. Träumer sind unzuverlässig. Doch gerade die Zuverlässigkeit ist mir wichtig. Ohne sie funktioniert gar nichts; keine Partnerschaft, keine berufliche und keine private Beziehung.

„Du und deine verrückten Träume", sage ich und zwar so, dass Birgit begreift, dass ich ihren irrsinnigen Vorschlag nicht ernst nehme.

„Wer keine Träume hat, lebt nicht wirklich, er existiert nur."

Über solch einen kindischen Spruch kann ich nur lachen. „Ich träume nie, denn nachts schlafe ich und tagsüber wäre mir das zu albern. Ich habe konkrete Pläne und keine diffusen Träume."

„Das glaube ich dir nicht", erwidert Birgit.

„Dann eben nicht."

Ich sehe, wie sich ihr Gesicht verändert. Sie kneift die Augen zu und macht schmale Lippen, eindeutig ein Zeichen von Zorn. Und schon zischt sie: „Wer ein schwarzes Herz hat, hat schwarze Träume. Und wer ein noch schwärzeres Herz hat, der träumt überhaupt nicht."

Was soll das jetzt wieder bedeuten?

„Hab ich heute erst gelesen", ergänzt sie und lächelt, um ihre Worte abzumildern.

Wenn Birgit wütend ist, kann sie sehr verletzen. Sie sagt allerdings auch bei guter Laune, was sie zu sagen hat und was nicht unbedingt salonfähig ist. In solchen Momenten mag ich sie nicht.

„Selbst, wenn ich solch eine blödsinnige Idee gut fände, es würde nicht funktionieren. Nie im Leben." Mich würde ihr ständiges Herumsitzen verrückt machen. Deshalb sage ich: „Du bist mir zu faul", und erschrecke selbst über meine derben Worte, die so eindeutig sind, dass man sie nicht zurücknehmen kann.

Birgit schaut mich überrascht an. „Wie meinst du das?"

„Du tust nichts."

„Was soll ich denn tun? Ich mache so viel wie unbedingt nötig mit so wenig Aufwand wie möglich."

Ständig wirft sie mit derartigen Sprüchen um sich. Damit beeindruckt sie mich nicht. Was soll das überhaupt bedeuten, dass sie nur das macht, was unbedingt nötig ist? Faul ist sie.

„Ich lese, schreibe ..."

„Eben. Du sitzt nur herum, liest und schreibst. Du kochst nicht einmal Essen für deine Kinder."

„Na und? Sie essen jeden Tag in der Schule", braust sie auf.

Dieses Argument kann ich nicht akzeptieren. Sie ist einfach nur faul, faul und liederlich. Deshalb ergänze ich: „Überall liegen deine Sachen herum." Ich zeige auf die Schuhe, die mitten im Raum stehen und auf ihre Jeans, die schräg über dem Stuhl hängt.

„Weil eine Hose herumliegt, bin ich faul?"

Ich nicke.

Birgit lacht. „Na und? Dann bin ich eben faul. Ich finde das Faul-Sein ganz gut und jedenfalls angenehmer als dein ständiges Herumwuseln. Das nervt."

„Dich nervt, dass ich für Ordnung sorge? Siehst du, wir passen nicht zusammen. Es gäbe sofort Streit."

„Papperlapapp!"

„Außerdem schnarchst du!", fällt mir ein.

„Na und?"

Ständig fragt sie *na und?*, als begreife sie das Problem nicht.

„Es stört! Verstehst du das nicht?"

„Nein, das verstehe ich nicht. Dich stört mein Schlafgeräusch oder wenn leise der Wasserhahn tropft."

„Selbstverständlich stört mich das. So etwas stört jeden."

„Doch der tosende Wasserfall am Haus und das laute Gezwitscher der Vögel stört dich nicht beim Schlafen."

„Natürlich nicht." Am meisten stören mich Birgits seltsame Vergleiche.

„Das liegt an dir, an deiner Wahrnehmung, deiner persönlichen Abneigung, mit dem

Geräusch selbst hat das gar nichts zu tun."

Auf ihren Unsinn antworte ich nicht. Den tropfenden Hahn kann man schließlich abstellen, ebenso das ungesunde Schnarchen, doch den Wasserfall muss ich hinnehmen wie auch das Vogelzwitschern.

Birgit steht auf. „Das muss ich mir aufschreiben, dass ich faul bin."

Ständig macht sie sich irgendwelche Notizen auf kleinen Kärtchen oder in winzige Büchlein. Sie geht nicht aus dem Haus ohne ein Notizbuch und einen Stift, um jederzeit ihre Gedanken aufschreiben zu können.

Nun sitzt sie draußen auf dem Balkon in ihrem Korbsessel und liest. Schon wieder! Liest sie so langsam oder hat sie eine ganze Bibliothek mitgeschleppt? Wenn sie wenigstens Zeitungen lesen würde, doch das interessiert sie nicht. Sie will nicht wissen, was in der Welt passiert. Mit einem politisch desinteressierten Menschen möchte ich nicht zusammenleben.

Ich verstehe Birgit nicht. Birgit versteht mich nicht. Seltsamerweise sind wir trotzdem Freundinnen und fühlen uns wohl miteinander.

Doch mit ihr zusammen leben möchte ich ganz sicher nicht. Thomas und ich haben vor zehn Jahren eine Wohnung gekauft, die noch nicht einmal ganz abbezahlt ist. Der Quadratmeterpreis hat sich allerdings in dieser Zeit verdoppelt, so dass wir bei einem Verkauf kein Minus machen würden. Eigentlich will ich nicht verkaufen. Mir gefällt unsere Wohnung. Doch es ist eben *unsere* Wohnung und nicht meine. Eine Wohngemeinschaft mit Thomas würde nicht funktionieren, eine Ehe allerdings auch nicht mehr.

„Du hast gesagt, dass du ihn nicht mehr willst", erinnert mich Birgit.

Nun, man sagt so manches.

„Also trennt ihr euch. Oder nicht?"

Darauf weiß ich keine Antwort.

*****

Ich beobachte Birgit und amüsiere mich darüber, dass man ihr jede Gefühlsregung im Gesicht ansehen kann.

Meine Mimik und meine Gefühle habe ich jedenfalls besser im Griff als Birgit, doch in ihrer Gegenwart scheint mir das gar nicht mehr so wichtig zu sein.

Sie ist intelligent, doch von einer intuitiven Art, keineswegs intellektuell. Vielleicht ist das sogar die bessere Art von Intelligenz.

Wir lachen über ganz unterschiedliche Dinge. Sie kann sich zum Beispiel über Tom und Jerry ausschütten, während ich deren Streiche voller

Arglist überhaupt nicht lustig finde. Birgit wirft mir vor, dass ich keinen Spaß verstehe. Ich verstehe sehr wohl Spaß, doch kann ich nur über Scherze lachen, die frei von Häme sind.

Sie hört gern Volksmusik und mag sogar die seltsamen Gesänge hier im Salzkammergut, die immer irgendwie jammernd klingen. Von Liedern aus dem Erzgebirge schwärmt sie regelrecht und bekommt schon beim Gedanken an erzgebirgische Weihnachtslieder feuchte Augen. Ich empfahl ihr, lieber etwas Niveau-volles wie Klassik zu hören. Darauf antwortete sie: „Volksmusik ist die Basis für jegliches Musikverständnis. Ohne sie kann man weder das Moderne noch Klassik wahrhaft empfinden."

Das halte ich für übertrieben. An Birgit ist vieles übertrieben. Ihr lautes Lachen, ihre Empfind-lichkeit, ihre bunte Kleidung und sogar ihre wüsten Locken.

Morgens kommt sie ebenso schwer aus dem Bett wie Anna, während ich nicht einmal einen Wecker benötige, weil ich täglich um die gleiche Zeit wach werde. Wenn ich wach bin, bin ich wach und möchte etwas tun, während Birgit träumt und trödelt.

Sie ist so sensibel wie Thomas, vielleicht sogar schlimmer. Man muss sie beide gleichermaßen mit Samthandschuhen anfassen.

196

Auf einmal ist mir klar, weshalb sich Thomas und Birgit so gut verstehen. Sie sind sich ähnlich, ähnlicher als Thomas und ich. Weshalb ist mir das nicht sofort aufgefallen?

Das bedeutet, ich käme gut mit Birgit aus, wir ergänzen uns. Doch sie würde besser zu meinem Mann passen als ich. Diesen unangenehmen Gedanken schiebe ich sofort weit von mir. Ich mag nicht polemisieren. Es ist wie es ist. Mit Birgit möchte ich jedenfalls nicht zusammenleben, so viel steht fest.

Mich nervt ihre direkte Art, alles einfach auszusprechen. So etwas tut man nicht.

Sie hat mir von ihrer Schwester erzählt, die während ihrer gesamten Kindheit und Jugend Birgits Offenheit bewunderte und den Mut, sich derart klar und deutlich auszudrücken. Die Schwester hatte ein eher zurückhaltendes Wesen und rebellierte nie, schon gar nicht laut. Doch seit einigen Jahren mag sie Birgits direkte Art nicht mehr und hat aus diesem Grund sogar den Kontakt zu ihr abgebrochen.

Irgendwie kann ich diese Schwester verstehen. Ich habe keine Geschwister und weiß nicht, wie man sich fühlt, wenn man so deutlich abgelehnt wird. Doch leicht wird es für Birgit nicht sein, auch wenn sie locker tut und behauptet, sie müsse den Willen ihrer Schwester respektieren.

Mir hat sie erklärt, dass sie und ihre Schwester grundverschieden sind und sie deshalb die natürlichen Spannungen zwischen ihnen nicht lösen können – man könnte ihnen nur aus dem Weg gehen.

*****

Ich ertappe mich dabei, wie ich mir ein Leben mit Birgit vorstelle. Sie würde tagsüber daheim schreiben, während ich in der Bank bin. Plötzlich fallen mir ihre zwei kleinen Kinder ein, die erst zwölf Jahre alt sind und demzufolge noch wenigstens acht Jahre, eher länger bei ihr wohnen werden. Das würde mich stören. Ich will am Abend meine Ruhe.

Doch Ruhe wird es ohnehin nicht geben, wenn Annas Kind geboren ist. Ich müsste für sie beide sorgen, zumindest bis zum Abschluss ihres Studiums. Wenn alles gut geht, hätte sie in drei Jahren den Bachelor. Sie wird lernen müssen und keine Zeit für das Baby haben oder sich Zeit für das Baby und keine zum Lernen haben. Drei Jahre sind eine lange Zeit. Anschließend könnte sie in einem Verlag oder in einer Buchhandlung eine Anstellung finden.

Mein „Projekt" Kind ist also für wenigstens drei weitere Jahre noch nicht abgeschlossen. Dafür ist mein Projekt Ehe abgeschlossen bzw.

gescheitert. Ich bin mir nun sicher, dass ich nicht mehr mit Thomas zusammen leben möchte – wir werden uns trennen. Er müsste ausziehen. Doch so allein könnte ich den restlichen Kredit und die monatlichen Umlagen nicht bedienen. Wir müssten wohl oder übel unsere wunderschöne Wohnung verkaufen.

Sollte ich tatsächlich mit Birgit und ihren Kindern zusammenziehen wollen, hätte die Wohnung zu wenig Zimmer.

Es hat keinen Zweck, darüber nachzudenken, es würde ohnehin nicht funktionieren.

Birgit mag nicht einmal Eigentum und lacht darüber, dass ich mich so schwer von meiner schönen Wohnung trennen kann. Es sei nur eine Mauer, eine Bleibe, die man wechselt, wenn sich die Situation ändert. Sie hat leicht Reden, da sie nichts besitzt und auf Dinge keinerlei Wert legt. Ihr sind Gespräche wichtiger, Erlebnisse und Erfahrungen. Das soll man sich mal vorstellen! Doch glauben kann ich es nicht.

Mich wundert, dass ich Thomas die ganze Woche über nicht ein einziges Mal ernsthaft vermisst habe. Wir haben nicht einmal über ihn gesprochen, über Männer im allgemeinen schon, doch nicht über Thomas.

Männer unterscheiden sich ziemlich deutlich

von den Frauen. Und zwar nicht nur äußerlich. Sie denken anders, verhalten sich anders. Mir ist schon als kleines Mädchen aufgefallen, dass die Jungs lieber herumrennen und wetteifern, während die Mädchen Rollenspiele bevorzugen. Die einen spielen eher gegeneinander, die anderen miteinander. Aus diesem Grund wäre es klug, von einem Mann getrennt zu leben, ganz besonders von meinem Mann. Doch mit seiner Geliebten zusammenzuziehen erscheint mir alles andere als natürlich. Schon den Urlaub mit ihr zu verbringen ist abartig genug, um es jemals irgendwem erzählen zu können.

Thomas

Ich verstehe die Frauen nicht. Weder Katrin noch Birgit, nicht einmal Anna.

Katrin will plötzlich, dass wir unsere Wohnung verkaufen. Doch warum?

Ich verstehe auch nicht, weshalb sie nicht mehr mit mir schlafen will. Wir hatten immer guten Sex. Zuerst beklagt sie sich darüber, dass ich zu wenig mit ihr schlafe und nun will sie seit einem halben Jahr überhaupt keine Umarmung mehr. Zudem lässt sie mich nicht mehr ins Schlafzimmer. Was soll das? Es ist genauso gut mein Bett wie das ihre. Ich sehne mich nach ihrem Körper und halte es nicht aus, dass sie mich so eiskalt abserviert. Ich bin nicht irgendein Bekannter, der zufällig mit ihr zusammen wohnt. Ich bin ihr Mann. Das hat sie offenbar vergessen.

Auch Birgit verstehe ich nicht. Wir waren ein Herz und eine Seele, seelenverwandt hat sie einmal gesagt. Das soll jetzt alles nicht mehr wahr sein, weil sie Katrin kennengelernt hat?

Katrin wollte damals, dass ich mich entscheide, am besten für sie und gegen Birgit. Vielleicht hätte ich das machen sollen. Vielleicht hätte ich das auch gemacht, wenn sie mir Zeit zum Nachdenken gegeben hätte. Doch sie wollte die Entscheidung sofort und wurde fuchsteufels-wild, als ich nicht augenblicklich antwortete. Heute will sie davon nichts mehr hören, der Zug sei abgefahren. Ich habe ihr gesagt, dass ich sie liebe, doch sie antwortete, sie liebe mich nicht. Hat ihre Liebe schlagartig aufgehört, als ich Birgit kennenlernte? Ich begreife den Zusammenhang nicht.

Mir wäre am liebsten, wir würden alle zusammen wohnen wie eine große Patchwork-familie. So etwas gibt es und ist gar nicht so ungewöhnlich. Katrin, Anna und Birgit verstehen sich blendend und ich mag sie sowieso alle drei.

Doch weder Katrin noch Birgit lassen mich in ihre Schlafzimmer.

Manchmal sitze ich in meiner Buchhandlung und denke über alles nach. Natürlich wäre es besser gewesen, wenn ich mich nicht in Birgit verliebt hätte. Doch so ist es nun mal. Ich bereue nichts und möchte auf keinen dieser sinnlichen Erlebnisse verzichten.

Auch in meiner Ehe gibt es nichts zu bereuen.

Ich weiß nur nicht, wie es jetzt weitergeht.

Anna

Wir sitzen alle drei im *Cortina*: Mutter, Birgit und ich. Mein Babybauch ist nicht mehr zu übersehen und bringt die beiden Frauen dazu, mich noch mehr als bisher zu verwöhnen, was ich natürlich sehr genieße.

„Wir müssen etwas mit dir bereden", erklärt Mutter und macht ein ernstes Gesicht, während Birgit mich anstrahlt und vor Ungeduld kaum stillsitzen kann.

Ich wüsste nicht, was es zu besprechen gibt, denn mein Studienplatz ist gesichert und wie es im neuen Jahr weitergeht, überdenke ich, wenn das Baby da ist. Alles zu seiner Zeit.

„Wir haben uns eine Wohnung angeschaut", platzt Birgit heraus und erntet von Mutter einen tadelnden Blick.

Ich zucke mit der Schulter, denn mich geht Birgits Wohnung eigentlich nichts an. Sie wohnt allerdings in einer völlig unpraktischen Bude mit einer engen Treppe mitten in der Stube und drei winzigen Zimmern und einem lächerlich kleinen Bad im Obergeschoss. Alles ist eng und verschachtelt. Ich mag es lieber großzügig und so offen wie daheim bei meinen Eltern.

Natürlich ärgert mich, dass Papa nach wie vor auf dem Sofa übernachtet. Das tut er sicher nicht freiwillig. Doch damit müssen die Eltern klarkommen, das ist nicht mein Problem. Mein schönes großes Zimmer bleibt jedenfalls unangetastet.

„Verstehst du nicht?", hakt Birgit nach.

Ich zucke wieder mit der Schulter und sage, dass es für sie längst Zeit ist, aus der engen Bude auszuziehen.

„Wir ziehen nicht meinetwegen oder wegen der Zwillinge um, sondern deinetwegen."

„Mich vergisst du wohl?", grätscht Mutter dazwischen.

Birgit lacht. Doch ich verstehe wieder einmal gar nichts. Was haben Mutter und ich mit ihrer

Wohnung zu tun?

„Na, fällt endlich der Groschen?" Birgit stupst mich an der Schulter.

Fällt der Groschen – was ist das für eine seltsame Redewendung?

„Wir ziehen alle zusammen in diese neue Wohnung", erklärt Mutter.

Ich schaue sie entgeistert an, denn normalerweise macht sie nicht solche dämlichen Scherze.

„Birgit, ihre Zwillinge, du und ich werden ab nächsten Monat in einer schönen, wunderbar restaurierten Wohnung auf dem Sonnenberg leben. Erstbezug."

Am liebsten würde ich ihr jetzt einen Vogel zeigen. Sonnenberg! Ausgerechnet diese verrufene Gegend. Jetzt wohnen wir wunderbar mitten im Zentrum und waren bisher immer zufrieden. Für das Baby gäbe es mehr als genug Platz. Wie soll das überhaupt funktionieren?

„Und was ist mit Papa?", platze ich heraus.

„Deinen Vater wollen wir beide nicht mehr. Er stört unsere Freundschaft." Dabei zeigt sie auf Birgit.

Ich mag Birgit ebenfalls, doch mit ihr leben mag ich nicht. Plötzlich begreife ich: die beiden sind keine normalen Freundinnen, sie sind lesbisch. Ich fasse es nicht.

„Du liebst also deinen Mann nicht mehr, sondern neuerdings eine Frau?"

Wäre es nicht ausgerechnet meine Mutter, wäre es mir völlig gleichgültig. Sollen die Leute doch machen, was sie wollen. Doch ich will, dass Mutter wieder zur Vernunft kommt. Sie ist sauer auf Papa, was ich für absolut albern halte. Ein halbes Jahr tut sie schon so dumm und mir tut Papa leid.

„Anna!", faucht mich Mutter an, während Birgit schallend lacht.

„Ihr seid also Lesben. Macht doch, was ihr wollt, aber ohne mich!"

Birgit ist vor Lachen rot angelaufen, Mutter eher blass. Kein Wunder, wenn ich ihr die Wahrheit so deutlich ins Gesicht schleudere. Ich ertrage den Anblick nicht mehr und stehe auf. Dabei kippt der Stuhl um, auf dem ich gerade noch gesessen habe.

Mutter packt meine Hand und zwar derart fest, dass ich sie nicht wegziehen kann.

„Du bleibst jetzt hier und hörst dir an, was ich zu sagen habe!"

Der Kellner hat inzwischen den Stuhl wieder aufgestellt.

„Setz dich!"

Lust habe ich dazu keine, doch leider keine Wahl.

„Wir denken dabei vor allem an dich", versucht

Mutter, die Kurve zu kriegen.

„Ich ziehe jedenfalls nicht mit in eure bekloppte WG."

Wenn Blicke töten könnten, würde ich jetzt wohl vom Stuhl fallen, so böse schaut Mutter.

„Hör zu!", beginnt sie neu. „Birgit arbeitet als Autorin von daheim aus. Das heißt, sie könnte auf dein Kind aufpassen, während du Vorlesungen hast."

Entgeistert schaue ich Birgit an. Sie strahlt, als wäre diese Eröffnung das Paradies für mich.

„Auch später, wenn es in den Kindergarten geht, wäre immer jemand da, falls du einen Termin hast."

„Und jetzt soll ich mich darüber freuen, was ihr so tolles für mich ausgekaspert habt. So funktioniert das nicht!"

„Sei doch endlich einmal vernünftig!", mahnt Mutter. „Birgit und ich wollen dir helfen mit unseren Erfahrungen."

Jetzt wird es mir zu bunt. „Ich brauche deine Erfahrung nicht!", schreie ich sie an. „Denn es sind deine. Ich will meine eigenen Erfahrungen machen, aus *meinen* Fehlern lernen, nicht aus deinen."

Mutter bleibt ruhig wie immer, während sich Birgit erschrocken die Hand vor den Mund hält. Dann versucht sie, mir ihren Arm um die Schulter zu legen, doch ich lehne mich rechtzeitig zur Seite. Sie soll mir nur fern bleiben, sonst raste ich aus.

„Ich trenne mich von deinem Vater. Ihm ist die Wohnung zu groß, allein kann er sie nicht bezahlen."

„Na, bravo!" Mehr gibt es dazu nicht zu sagen. Am besten, ich suche mir genau wie Papa eine eigene Wohnung. Dann habe ich Ruhe vor Mutter, die alles besser weiß und auch vor dieser ach-so-fürsorglichen Birgit.

Siedend heiß fällt mir ein, dass ich überhaupt kein Einkommen habe. Zwar bekäme ich Zuschüsse, wenn das Kind da ist. Doch ich habe keine Ahnung, ob das reicht. Eine Pflegestelle müsste ebenfalls bezahlt werden.

Mir ist das jetzt alles zu viel. Darüber muss ich in Ruhe nachdenken. Also stehe ich auf und gehe. Wenn die Zwei sowieso schon alles entschieden haben, brauchen sie mich nicht.

Schluss

Katrin und Birgit gründen eine Wohngemeinschaft. Sie sind richtig dicke Freundinnen, die sich bestens verstehen, aber sie sind nicht lesbisch. Mit Anna und den Zwillingen ziehen sie in eine geräumige Sechs-Raum-Wohnung auf dem Sonnenberg. Das ist zwar keine chice Wohngegend, doch die Mieten sind auch für solch eine große Wohnung bezahlbar. Sie bietet ausreichend Platz für alle, hat ein großes Bad, ein kleines Duschbad, ein Gäste-WC, ein kombiniertes Wohnzimmer mit offener Küche und fünf Schlafzimmer.

Fußläufig sind ein großes Einkaufszentrum, mehrere Supermärkte, der Zeisigwald, ein Kinderarzt und mehrere Kindergärten zu erreichen.

Da Birgit von daheim aus arbeitet, kümmert sie sich um den kleinen Benjamin, wenn Anna unterwegs ist. Am Nachmittag spielen die Zwillinge mit dem kleinen Jungen. Katrin organisiert den Einkauf und die Hausarbeit.

Thomas haben sie nicht mit aufgenommen. Doch manchmal gehen sie zu dritt ins Cortina: Katrin, Birgit und Thomas.

Wohl anfangen ist gut,
wohl enden ist besser.

Bisherige Veröffentlichungen von Petra Weise:

Romane:

Im Roman **„Der andere Vater"** erfährt die zwölfjährige Marion, dass ihr Vater gar nicht ihr Vater ist. Erst zwanzig Jahre später kann sie nach ihren Wurzeln suchen.

„Ich besuche dich trotzdem!" erzählt von einer schwierigen Mutter-Tochter-Beziehung.

„Mein Hund Benno" ist ein unterhaltsamer Roman über die Abenteuer der beiden komplett verschiedenen Familienhunde der Verfasserin.

Kurzgeschichten:

„Liebeslügen oder der ganz normale Wahnsinn"** bietet 15 spannende Kurz-geschichten über die Liebe.

In **„Farbige Geschichten"** teilt die Autorin 28 Begebenheiten in Farben auf: Rot wie die Liebe, Blau wie die Treue oder ein Schmetterling, eine Medaille aus Bronze und Schwarz wie ein Ungeheuer.

Ein Mann hat **„Eine unbestimmte Ahnung"** und eilt nach Hause, wo ihn Schlimmes erwartet. Insgesamt unterhalten 32 seltsame, sinnliche und witzige Begebenheiten den Leser.

„Ab in den Urlaub!" - 22 Geschichten über die schönste Zeit des Jahres.

„Eine verhängnisvolle Diagnose und 14 weitere Kurzgeschichten" erzählen aus dem oft gar nicht alltäglichen Alltag der Autorin während der 80er Jahre.

Biografie:

In **„Ein halbes Leben"** stellt die Autorin ihre Familie ausführlich vor und beschreibt, warum sie aus ihrer Heimat DDR fliehen musste.

„Ein ganz anderes Leben" erwartet sie im freien Teil Deutschlands.

Nach der Wende kehrt sie nach Sachsen zurück, wo ihre Familie zerbricht. Doch **„Das Leben geht weiter"**.

Petra Weise wurde 1954 in Freiberg/Sachsen geboren und lebt nach zahlreichen Wohnungswechseln durch Hessen und Bayern seit 1993 wieder in ihrer Heimat Sachsen.

Sie liebt das Erzgebirge mit all seinen Traditionen und fühlt sich auch in den Alpen wohl. Wenn sie nicht schreibt oder liest, wandert sie gern mit ihrem Hund durch den Wald oder spielt Klavier.

www.autorinpetraweise.de